野球が好きすぎて

東川篤哉

TOKUYA HIGASHIGAWA

実業之日本社

目次

装画　あまえび
装幀　篠田直樹（bright light）

野球が好きすぎて

第1話　2016年

カープレッドよりも真っ赤な嘘

1

近ごろ東京近郊では奇妙な犯罪が流行《はや》っているらしい。

発端は一ヶ月ほど前の八月初旬に遡る。場所は中野《なかの》駅からほど近い公園だ。神宮《じんぐう》球場でのナイター観戦から帰宅中の中年男性がマスクをした男に襲われて、着ていた服を脱がされた。といっても身ぐるみ剝がされて、裸で放り出されたわけではない。脱がされたのは、その中年男性が着ていた阪神タイガースの縦縞《たてじま》ユニフォームのみ。もちろん応援用のレプリカであるが、しかし被害者の着ていたそれは単なる応援グッズではなかった。かつて阪神に在籍し、派手なプレーとそれ以上にド派手な言動で人気を博した名（迷）選手、新庄剛志《しんじょうつよし》のサイン入りユニフォーム。ファン垂涎《すいぜん》のお宝グッズだ。さては中野に生息する熱狂的な阪神ファンの仕業か——と捜査に当たった警察関係者も最初はそう思ったらしい。

ところが続いて発生したのは巨人ファン襲撃事件だ。場所は東京ドームのすぐ傍《そば》、水道橋《すいどうばし》駅付近の暗い路地だ。被害に遭ったのは若い女性。今度はジャイアンツの元監督、原辰徳《はらたつのり》のサイン入りユニフォームが奪われた。阪神と巨人、ライバル球団のお宝ユニフォームを両方欲しがるとは、この犯人、野球ファンだとするなら随分と節操のない人物である。

だが事件はこの二件では収まらなかった。所沢《ところざわ》では帰宅途中の西武ライオンズファンが《おかわり君》こと中村剛也《なかむらたけや》のサイン入りユニフォームを奪われた。千葉では日本ハムファイターズのファンが《二刀流》こと大谷翔平《おおたにしょうへい》のサイン入りユニフォームを奪われた。

犯人はいずれもマスクをした男性。どうやら球団や選手に対するこだわりはいっさい持たずに、ただただ貴重なお宝ユニフォームだけを狙っているらしい。

「ふうん、まるでプロ野球版の《ボンタン狩り》みたいだな……」

パソコンのニュース画面に視線を向けながら、俺は思わず独り言。その直後には、「我ながら古いな、《ボンタン狩り》なんて！」と苦い笑みが自然とこぼれた。

ちなみにボンタンというのは九州南西部などで栽培されるザボンの別名、文旦《ぶんたん》のことであり、御存知『ボンタンアメ』といえば駅のキヨスクでよく見かける定番商品。よって《ボンタン狩り》とは、すなわち《ミカン狩り》や《イチゴ狩り》に類する愉快な行楽行事――のはずなのだが、実際はそうではなくて、俗に《ボンタン狩り》といえば、それは八〇年代に不良高校生の間で流行った変則学ランのズボン強奪行為のことを意味する。いったい当時の男子高校生は、どんな欲求不満を抱えて、あんなアホな闘いに明け暮れていたのやら。いまとなってはサッパリ意味不明ではあるが――

「まあ、そんなことはどうでもいいか……」

また独り言を呟《つぶや》いて、俺はパソコン画面に視線を戻す。八〇年代の男子高校生にとっての《ボンタン狩り》は単なる若気の至りだとしても、この二〇一六年夏に突如として発生した《プロ野球版ボンタン狩り》は、まさか若者の鬱憤晴らしなどではあるまい。かといって往年の名選手や現役スター選手に対する単純な憧れから犯行に及んだにしては、盗みの手口があくどい。犯人はナイフで相手を威嚇して、お宝ユニフォームを強引に脱がせているらしいのだ。まさに辻《つじ》強盗まがいの手口である。

そこから連想するに、これら一連の犯行はおそらくカネ目当て。犯人は奪ったお宝ユニフォームをネットだか闇ルートだかで密《ひそ》かに売りさばいて、暴利を得ているに違いない。と、そんなことを考える俺の脳裏に、突如として浮かび上がる名前があった。

「高原雅夫《たかはらまさお》……そういや、あいつはカープファンだ……」

呟きながら俺は彼の姿を思い描く。高原雅夫は痩《や》せた身体《からだ》の中年男だ。血色が悪くやつれた顔。薄くなった頭髪。この時期なら着ているものは主にヨレヨレのTシャツに破れたジーンズと相場が決まっている。そんな彼の頭上に、いつも乗っかっているのが真っ赤な野球帽だ。正面に縫い付けられているのは、アルファベットの『C』の文字。いうまでもなく赤ヘルでお馴染《なじ》み、広島東洋カープの野球帽だ。

いまどきは小学生の子供たちだって、滅多に野球帽などは被《かぶ》らない。たまに被っているガキがいるなぁ、と思ってよくよく見れば、『N』と『Y』がデザインされたニューヨーク・ヤンキースの野球帽だったりする（それとも、あれはベースボールキャップと呼ぶべきだろうか？）。そんなご時世に、カープレッドの野球帽を日常的に愛用している高原雅夫は、まず相当に年季の入ったカープファンと見て間違いないだろう。ならば、彼が路上でマスクの男に襲われて、カープのお宝ユニフォームを奪われる。そんな事件が起きたとしても、べつに不自然ではないわけだ。

「………」

瞬間、俺の脳裏で邪悪な何かが蠢《うごめ》くような感覚があった。

そして俺はさらに思う。そのお宝ユニフォームを奪われまいとして高原雅夫が必死に抵抗。犯人と激しいもみ合いになった挙句、ナイフで刺されて命を落としたとしても、それはそれで充分にあり得ることではないのか。現に、この犯人はナイフで相手を威嚇して、ユニフォームを脱がせているのだ。抵抗されれば、そのナイフが脅し以上の役割を果たすことがあっても不思議はない。少なくとも警察は違和感を抱くことなく、高原の死をユニフォーム強奪犯の仕業と考えることだろう。だとすれば――

「この俺に殺人容疑はかからないってわけだ……」

これは、なかなか上手《うま》い手ではないか。高原雅夫をナイフで殺害して、その罪をユニフォーム強奪事件の真犯人になすりつける。あとはその、どこの誰だか知らないマスクの男に全力で逃げ回ってもらうだけだ。俺はたちまち自らの邪悪なアイデアに魅了された。

「案外マジでいけるかもしれないぞ……」

そもそも俺が高原雅夫を殺したいと思う理由。それは端的にいうなら口封じだ。高原は俺の弱みを握っていた。俺が妻とは違う女性と一緒にホテルから出てくる決定的な場面を、彼はデジカメでバッチリ撮っていたのだ。「街でたまたま見かけたものだからよお……」と高原自身はいっていたが、そんな馬鹿な話はあるまい。いったいどれほどの偶然が重なれば、そんな写真が撮れるというのか。俺の不貞行為を嗅ぎつけた高原が、最初から撮影する気マンマンで俺のことを尾行していたに決まっている。

そしてもちろん、手に入れた写真の使い道はひとつしかない。高原は俺を強請《ゆす》ったのだ。要求は大した金額ではなかった。妻と離婚する慰謝料を思えば、安いものだ。そう自分に言い聞かせて渋々払ってやると、案の定、彼はおかわりを要求してきた。払ってやると、またおかわり。また払うと、またまたおかわり。――畜生、おまえはカープ帽を被った《おかわり君》かよ！　いまは黙って払ってやるが、いつかきっとおまえのことを……

そう心に誓う俺の前に、その《いつか》がついに訪れた。いまこそがチャンスなのだ。

「ん、だが待てよ……」俺はふと現実に戻った。

高原雅夫はカープファンには違いないが、果たしてお宝ユニフォームなど持っているだろうか。カープ帽を被った彼の姿は見慣れたものだが、赤いユニフォーム姿については一度も見たことがない。

「ていうか、持ってねーんだな、ユニフォームなんて……」

応援用のレプリカユニフォームは一着五千円前後。とはいえ、運送会社の倉庫で契約社員として地味に働く独身中年男性、高原雅夫にとってはけっして安い買い物ではないはず。俺から強請り取ったカネで、カープの応援グッズを買ったとも考えにくい。実際あのカープ帽でさえ、彼は古びたヨレヨレのものを捨てずに被り続けているのだ。きっとユニフォームまではカネが回らないに違いない。そもそも、ユニフォームを持っていたところで、それが有名選手のサイン入りという確率は、ほとんどゼロだろう。まず間違いなく高原はお宝ユニフォームなど持ってはいない。だが、それならそれで手段はある。

「奴《やつ》が持っていないなら、こちらで用意して着せてやればいいだけの話……」

俺はさっそくキーボードを叩《たた》き、パソコン上で通販サイトやネット・オークションのサイトを物色した。すると間もなく俺の口から歓喜の声があがった。「おおッ、これは！」

画面上に示されているのは、まさにお宝中のお宝だった。カープ新《あら》井《い》貴浩《たかひろ》の背番号28のレプリカユニフォーム。しかも直筆サイン入りだ。

この商品がなぜ、お宝なのか。ポイントは背番号だ。カープの主砲、新井貴浩といえば本来の背番号は25。しかし詳しい事情は省くけれど、彼は訳あって一時期、重大な選択を間違えてカープ以外のどこかの球団に迷い込んでいたことがある。そしてまた詳しい事情は省くけれども、二〇一五年のシーズンから彼は再びカープに復帰。「年齢を考えれば、まあまあ……」程度の活躍を示したわけだが、その一年間だけ付けた背番号が28なのだ。

そして今年二〇一六年から再び背番号25に戻った彼は、「えッ、あの新井さんが！」とファンでさえ目を疑うような大活躍。通算二千安打と三百本塁打を達成するという、まさに破竹の勢い。彼の活躍もあって広島カープはシーズン終盤を迎えたいま、二十五年ぶりの優勝を目指してペナントレースを独走中である。このままいけばカープのリーグ優勝は確実。ＭＶＰの栄光は新井貴浩の頭上に輝く公算が高い。そうなれば彼もまた球界のレジェンド選手の仲間入りだ。その分、彼が一年だけ背負った背番号28の価値は高まる。その背番号のユニフォームは、まさしく希少価値なのだ。しかも本人の直筆サイン入りなら申し分ない。

「ちょっと値段は張るけど、まあ、いいか。よし、これにしよう……」

そう呟きながら、俺は画面上の『購入』をクリックした。

2

「ああ、とうとう、こんな事件が起きてしまったのね……」

警視庁捜査一課の若手刑事、神宮寺《じんぐうじ》つばめは現場を見やりながら嘆きの声を漏らした。

まだまだ残暑厳しい九月二日の金曜日。場所は東京都民の憩いのオアシス神宮外苑《がいえん》。その灌木《かんぼく》に囲まれた狭い緑地の一角である。

そこに中年男性が横を向いた恰好《かっこう》で《く》の字になって転がっていた。痩せた身体。薄くなった頭髪。右の脇腹からにょきりと飛び出したナイフの柄《つか》。そこを中心に流れ出た血液は、周囲の地面を赤黒く染めている。男はナイフで脇腹を刺されて、すでに絶命しているのだった。

そんな中年男性の着ている服も真っ赤だ。もっとも、これは血のりで赤く染まったわけではない。男は広島カープの応援用ユニフォームを着用しているのだ。だが、その着こなしは見るからに不自然だった。右の袖には右腕が通っていない。要するに半分ほど脱げかけた状態だ。――いや、それとも《脱がされかけた状態》と呼ぶべきだろうか。死体の傍の地面には、被害者の頭から脱げた赤い帽子も転がっていた。

この状況を見れば、ここ最近、都内で頻発しているお宝ユニフォーム強奪事件との関連性を嫌でも考えずにはいられない。そういえば、今日は神宮球場でヤクルト対広島のナイトゲームがおこなわれていたはずだ。つばめは地面に転がる赤い帽子を見やりながら、

「今度はカープファンが標的になったってことかしら……」

だが、まだそうと決まったわけではない。つばめは死体のそばにしゃがみこみ、あらためて赤いユニフォームを間近で観察した。背中のローマ字表記は『ARAI』で背番号は28だ。どうやらカープ新井貴浩のレプリカユニフォームらしい。

──だけど、新井の背番号って28だったかしら？

多少の引っ掛かりを覚えたものの、つばめは別段カープ選手について詳しいわけではないので、深くは考えずに観察を続ける。被害者の前方に回りユニフォームの胸の部分を見やると、そこには筆記体で描かれた『Hiroshima』の文字。だが、その白い文字の傍にも別の黒い文字のようなものが見える。──ん、これはひょっとして！

新たな発見につばめは激しく緊張。そのときその緊張を解きほぐすかのような、聞き覚えのある声が彼女の名を呼んだ。「おお、つばめ。おまえ先にきていたのか！」

呼ばれた瞬間、その声の主が誰であるか即座に判断できた。つばめと同じく警視庁捜査一課に所属する神宮寺勝男《かつお》警部、すなわち彼女の父親である。つばめは死体の傍で立ち上がると、「あ

あ、お父さん――じゃなかった、警部。今日は非番だったはずでは？」といって後ろを振り向く。だが次の瞬間、父親であり上司でもある勝男の姿に、つばめは思わず唖然《あぜん》となった。「――な、なんなのよ、お父さん、その恰好!?」

父、勝男は白地に紺色の縁取りが入ったユニフォーム姿。手には紺色のメガホン。薄くなった頭頂部にも、やはり紺色の野球帽が乗っかっている。もちろん帽子の正面に縫い付けてあるのは伝統の『YS』マークだ。つばめは思わず右の掌《てのひら》で自分の顔を覆った。

確かに父は根っからのスワローズファン。ひとり娘に『つばめ』と名付けるくらいだから、その熱狂ぶりは筋金入りだ。しかし、だからといって――「殺人現場にそんな恰好で駆けつけないでよね！　みんながジロジロ見てるじゃない！」

つばめは頬を赤くして声を荒らげる。しかし勝男は即座に反論した。

「仕方がないだろ。私が事件の一報を聞いたのは、神宮球場でのヤクルト対広島戦が終わって自宅に戻ろうとする電車の中だった。そこから、また神宮外苑までトンボ返りしたんだからな。違う服に着替えるなんて物理的に不可能だったのだよ。まあ、細かいことはいいじゃないか。この恰好でも特に問題はないはずだ。なにしろ我々は私服刑事なんだから」

「私服にもホドってもんがあるでしょ！」――ていうか、その恰好は私服じゃなくて、むしろスワローズ応援団の制服だろ！　呆《あき》れ果てるつばめは、父親の手から紺色のメガホンを奪い取りながら、「いいから、その服、さっさと脱いでよね」

「んー、しかしこれを脱ぐと、下はランニングシャツ一枚きりなんだぞ。それでも脱いだほうがいいというのか。おまえは父親のだらしないランニングシャツ姿を、野次馬たちの前で見せびらかしたいのか。まあ、おまえが脱げというなら、私は喜んで脱ぐが……」

さっそくボタンを外して、だらしない中年男の下着姿を晒《さら》そうとする父親。その頭を、つばめは青いメガホンでひっぱたいた。「——脱ぐな、馬鹿ぁ！」

殺人現場にパカ～ンという乾いた音が響く。

「おいおい、痛いじゃないか、つばめ」と父親が抗議すると、

「ごめんなさい、手が勝手に動いたの」と娘はいちおう謝罪。

親娘《おやこ》のわだかまりが解消されたところで、つばめは再び地面に転がる死体を見やった。

何か気になっていたことがあったはず。そうそう、ユニフォームの胸の部分だ。何か文字が書かれていたはず。そのことを思い出して、彼女はあらためて死体の前方に回った。

「やっぱりそうだわ」つばめは確信を持って頷《うなず》いた。「見て、お父さ——いえ、見てください、警部。被害者のユニフォームには、選手の直筆サインが書かれています」

崩しすぎていて文字としては判読不能だが、背番号を示す数字だけはハッキリ読める。

それを目にした瞬間、勝男の顔色が変わった。「むむッ、背番号28といえばカープの新井が昨年一年間だけ付けていた背番号だぞ。ということは、これはまさにお宝ユニフォームじゃないか。——ま、そうはいっても私にとっては単なる赤い古着に過ぎないがな」

とスワローズ一筋の父が精一杯の強がりを示す。つばめは苦笑いを浮かべながら、

「では警部、やはり今回の殺人は一連の事件と関連があると？」

「もちろん、そう考えるべきだ。ここ最近、東京近郊で頻発しているお宝ユニフォーム強奪事件、通称『プロ野球版ボンタン狩り事件』。その犯人の仕業に違いない。おそらく犯人は、このお宝ユニフォームを見て、それを奪おうと考えた。そこで例のごとくナイフで脅して、それを脱がせようとしたのだろう。だが、このカープファンの男性は必死に抵抗したんだな。両者はもみ合いになり、ついに犯人は男性を刺した。そして結局、お宝ユニフォームを奪うことなく、そのまま現場から逃走したというわけだ。――どうだ、つばめ?」

「はあ、いちおう筋は通っているようですが――」つばめは眉をひそめながら、ひとつ気になる点を確認した。「あのー警部、『プロ野球版ボンタン狩り事件』って何ですか」

「ん、なんだ、つばめ、刑事のくせにそんなことも知らないのか。《ボンタン狩り》というのはだなあ、八〇年代の不良高校生たちの間で流行ったズボン強奪行為のことで……」

「知ってます!」つばめは父親の言葉を中途で遮って、「あたしが聞いているのは、誰がこの一連の事件に『プロ野球版ボンタン狩り』なんてアホな名前を付けたかってこと!」

「ああ、それは私だ。私がそう名付けた」

「え!? あ、そう、ごめんなさい……」シマッタ、うっかり『アホ』っていっちゃった!

つばめは申し訳ない思いで目を伏せる。だが勝男は気にする素振りもなく胸を張った。

「べつに、おかしくはあるまい。今回の一連の事件から八〇年代の《ボンタン狩り》を連想する人間は結構多いと思うぞ」父親は自信ありげな顔で頷くと、今度は自ら死体の傍らにしゃがみこむ。そして手袋をしていない指先を、横たわる男性に向けた。「それより、つばめ、被害者の服のポケットを調べてみろ。身元が判《わか》る何かを持っているかもだ」

「そうね」娘は命令に従う代わりに、ひと組の白手袋を父に差し出した。「――はい、警部」

「…………」勝男は渋々と手袋を装着して、自ら死体のポケットを探る。やがて彼の口から拍子抜けしたような声があがった。「ん、なんだ、携帯も財布も、そのまんまポケットに残してあるじゃないか。犯人の奴、本当に何も盗《と》らずに慌てて逃げ出したんだな。おッ、免許証があるぞ。……ふむ、高原雅夫、昭和四十二年生まれ、住所は新宿区《しんじゅく》四谷《よつや》か。この現場から、そんなに離れてはいないな……」

どうやら、これで被害者の身許《みもと》は判りそうだ。もっとも、この事件がお宝ユニフォーム強奪を目論《もくろ》んだ挙句の犯行だとするなら、この高原雅夫という男の周辺を探ることには、あまり意味がないかもしれない。なぜなら一連の事件の犯人は、被害者の年齢性別職業、贔屓《ひいき》球団や応援する選手などに関係なく犯行を繰り返している。その意味で、これは通り魔的な犯行ともいえるだろう。だとするならば、高原雅夫という人物の周囲に真犯人が潜んでいる確率は極めて低い。――そんなふうに、つばめは思ったのだ。

3

事件発生の夜の捜査は深夜にまで及んだ。神宮寺つばめも父の勝男とコンビを組んで現場周辺の聞き込みに励んだのだが、芳しい成果はなかった。怪しい人物の目撃情報は皆無で、誰かが争うような物音を聞いた者もいない。そんな中、二人は神宮球場のクラブハウス付近で帰宅途中のつば九郎《くろう》を偶然キャッチ。さっそく駆け寄って「ねえ、つば九郎、事件のこと何か知らない？」と尋ねてみると、彼はすぐさま愛用のスケッチブックにペンを走らせて「ぼくはむじつだ」と微妙に勘違いした答え（スワローズの球団マスコットであるつば九郎は筆談で会話するのが得意。というか、それしかできないのだ）。そんなつば九郎は、さらにペンを走らせると、「あとはきゅーだんをとおして！」と刑事たちの質問を一方的にシャットアウト。そのまま千駄ケ谷《せんだがや》駅のほうへと小さな歩幅で歩き去っていった。

彼があの巨体で中央線の電車に乗れたか否かは定かではないが、それはともかく――

夜の捜査はこれにて終了。

そして、ひと晩が明けた翌日のこと。

つばめは勝男とともに被害者の地元である新宿区四谷を訪れ、再び捜査に当たった。

高原雅夫が暮らしていたアパートの部屋を調べたり、契約社員として働く運送会社を訪ねたりと、忙しく動き回る神宮寺親娘。だが、やはりこれといった収穫はない。すると先に弱音を吐いたのは父のほうだった。ちなみに今日の勝男は、さすがにスワローズのユニフォーム姿などではなくて、いかにもベテラン刑事らしい背広姿である。彼は警部の肩書きに似合わぬ投げやりな口調で訴えた。

「こんな捜査は的外れじゃないか、つばめ？　高原雅夫は個人的な恨みを買って殺されたわけじゃない。彼はただ珍しいユニフォームを着ていたから狙われただけなんだぞ」

「正直、私もそんな気がするけど。でも、お父さん――いえ、警部」といって、つばめは上司に対してひとつの思い付きを語った。「高原雅夫は一連のユニフォーム強奪事件に便乗して殺害された。実は犯人の目的はお宝ユニフォームなどではなく、最初から高原雅夫を殺害することにあった。――そういう可能性もゼロではありませんよね」

「ふん、まさか。考えすぎだな」

果たして、そうだろうか。考えなさすぎる父親の隣で、つばめは僅かに首を捻《ひね》る。

そうして迎えた、その日の夕刻。神宮寺親娘はとある商店街の一角にきていた。

目の前に掲げられた看板には『ホームラン・バー』の文字。一般にホームランバーといえば駄菓子屋で売られている一本ウン十円のアイスバーだが、しかし目の前にあるのは駄菓子屋などではなくて酒を飲ませるほうのバー。おそらく『ホームラン・バー』という店名のベースボール・バーなのだろう。たぶん駄菓子は売っていないはずだ。

「高原雅夫の財布には、この店のレシートが残っていた。彼の行きつけだったんだろう。せっかくだから入ってみようじゃないか。何か面白い話が聞けるかもしれん」

そうね、と頷いてつばめは店内に足を踏み入れた。狭い空間には立ち飲みのスペースもあればテーブル席もあって、開放的な雰囲気。店の奥にはカウンター席もある。壁や天井には野球関連グッズや有名選手のポスターなどが飾られていて、なるほど野球好きが集まりそうな店である。

とはいえ、まだ時刻は午後五時半。開店したばかりの店内は閑散としている。カウンター席の端に、カープの赤いユニフォームを着た女性の背中が見えるばかりだ。ちなみに背番号は『!』。

確かカープ球団において、この奇妙な背番号（背記号？）を与えられているのは、あの正体不明の球団マスコット、スライリー君だったはずだ。――さすがベースボール・バーだけあって、なかなかマニアックなファンがきているみたいね。

心の中で呟きながら、つばめは狭い店内を見回した。

「ふうん、ベースボール・バーって初めてきたけど、こんな感じなのねえ。高原雅夫もここで仲間たちとカープの話題で盛り上がったのかしら。ねえ、お父さ――って、な、なによ、お父さん、その恰好は!?」

振り向いたつばめの目の前には勝男の姿。だが先ほどまで背広姿だった彼は、その上にスワローズの応援ユニフォームを羽織って、すっかり臨戦態勢である。どうやら『ホームラン・バー』の独特な雰囲気が、父の野球熱に火を付けたらしい。気持ちは判るが、それにしてもだ――「なんで、わざわざユニフォームに着替える必要があるのよ！」

「この恰好のほうが、この場に馴染むだろ。きっと聞き込みだってスムーズにいくはずだ」

そう断言して勝男はスタスタと店の奥へと進む。つばめは慌てて父親の後を追った。

カウンターの向こう側には口髭《くちひげ》を蓄えた白髪の男性の姿。清潔感のある白いシャツの上に黒いベストを着用している。このダンディな初老の男性が、どうやらこの店を切り盛りする人物らしい。勝男は警察手帳を示しながら、「君がこの店のマスターかね？」

すると白髪の男性は「ええ、そうですが……」と不安げな顔。

その鼻先に高原雅夫の写真を示して、勝男は尋ねた。

「この男性に見覚えは？」

「ああ、この人なら、うちのお客様ですよ……でも、あなた本当に警察の方？　その恰好で聞き込みを？　本当ですか？　判りませんねえ……いったい何の捜査ですか……？」

——お父さん、聞き込み、全然スムーズじゃないわよ、その変な恰好のせいで！

つばめは横目でジロリと父親を睨《にら》む。そして自らも警察手帳を示すと、信用を失った父親に成り代わって店のマスターに事実を告げた。「この男性、昨夜、亡くなったんです。神宮外苑で何者かに刺されて。朝からニュースになっているんですが、御存知ありません？」

「ああ、例のユニフォーム強奪事件で犠牲者が出たっていう話ですか」初老のマスターはようやく合点がいった様子で静かに頷いた。「噂《うわさ》は小耳に挟みました。しかし、まさかうちのお客様だったなんて……」

いま初めて知ったらしく、マスターは沈鬱な表情を浮かべる。つばめは質問を続けた。

「この男性、常連さんだったのですか」

「まあ、ときどきいらっしゃる程度ですね。正直、名前も存じませんが——はあ、高原さんというのですか。あまり誰ともお話しにならないお客様でしたのでねえ。よく、そこのカウンターの端っこの席に座って、ひとりで飲んでいらっしゃいましたが……」

といってマスターが何気なく指を差すと、そこに座る背番号『！』のカープ女子がキョトンとした顔でこちらを見やる。瞬間、彼女と目が合った。女性は眼鏡《めがね》を掛けていた。さすがカープファンと呼ぶべきか、その眼鏡はフレームの色が赤だった。ついでにいうと、手にしたグラスも赤い。おそらくビールとトマトジュースのカクテル『レッド・アイ』だ。

つばめは恐怖にも似た感覚を覚えて視線を逸《そ》らす。そして再びマスターに向き直った。

「高原さんのことについて、何か最近、変わったことなどは？」

「さあ、変わったことといわれましても……」とマスターは口髭を触りながら考え込む仕草。

「まあ、ここ最近はカープの調子がいいものですから、機嫌は良かったみたいですがね。――ほら、そこに大きなテレビがありますよね。そこで流れているナイター中継を見ながら、ときどき小さくガッツポーズしていらっしゃいましたよ」

つばめは高い位置に設置された薄型テレビを指で示しながら、

「このテレビ、いつもカープ戦を流しているんですか」

「いいえ、そうとは限りませんが、カープ戦の中継じゃなくても、他球場の途中経過が流れたりするじゃないですか。それでカープの勝ち負けを見ながら一喜一憂していたようですね。野球ファンとは、そういうもんです。――《ヤクルトさん》も、そうなのでは？」

《ヤクルトさん》と呼ばれた勝男は、「ええ、そうですとも！」と嬉《うれ》しそうに頷いて、ようやく会話に復帰した。「ところでマスター、高原さんは新井貴浩選手のサイン入りユニフォームを持っていたはずなのですが、あなた、その実物をご覧になったことは？」

「え、新井選手のサイン入りユニフォーム!?」マスターは眉間に皺《しわ》を寄せて、再び考え込む。そして首を左右に振った。「いや、そんなものは見たことがありませんね。この店の場合、ユニフォーム姿で訪れるお客様も多いのですが、あのお客様が赤いユニフォームを着ていた記憶はありません。まあ、赤い帽子は、いつも被っていらっしゃいましたがね」

「おや、そうですか。ユニフォーム姿は見ていませんか……ふむ、しかしまあ、新井選手のサイン入りユニフォームは貴重なものだ。飲み屋に着ていって汚してしまっては大変。そう考えたのかもしれませんな」勝男は自らを納得させるように頷くと、つばめにだけ聞こえるような小声で囁《ささや》いた。「……どうやら、犯人はこの店でお宝を発見したわけでは、なさそうだな……」

父親の囁きの意味が、つばめにはよく理解できた。ユニフォーム強奪犯は、どこかでお宝ユニフォームを発見しないことには、それを盗むことも不可能だ。では犯人は、どこでお宝ユニフォームと遭遇できるのか。第一の可能性は球場とその周辺だが、それ以外の候補としては、このようなベースボール・バーや野球居酒屋などが挙げられるだろう。勝男はそのことを念頭に置いて、この店を訪れたのだ。

しかしマスターの証言は、その可能性を完全に否定するものだった。高原雅夫がユニフォーム姿で店を訪れたことは一度もないらしい。ならば、この店で犯人がお宝を発見することもない。やはり犯人は神宮球場の周辺で偶然、高原のお宝ユニフォームに目を留めて、その場で犯行を思い立ったということなのか。だとするなら、これ以上、この店で聞き込みをおこなっても、たぶん無駄ということになるのだが。

――いや、諦めてはいけない。

折れそうになる心を鼓舞しながら、つばめはマスターに尋ねた。

「高原さんが親しくしていた人物に心当たりは？　あまり喋《しゃべ》らない人だとしても、こういう場所ですから、他の野球ファンと交流することも多少はあると思うのですが」

「うーん、そうですねえ。強いて挙げるならば……」といって顎に手を当てるマスター。その口からふいに「あッ」という声が漏れる。彼は玄関のほうを見やりながら、小声でつばめに耳打ちした。「あの方たちが、そうですよ。ほら、いま店に入ってくる彼ら……」

いわれて、つばめは店の玄関に視線を向ける。ちょうど三人組の男たちが、ガラス扉を押し開けながら、『ホームラン・バー』の店内に足を踏み入れるところだった。

4

三人は一見したところ、三十代の中堅サラリーマン。しかし店に入ってテーブル席に腰を落ち着けた直後、彼らは鞄《かばん》の中から贔屓球団のユニフォームを取り出して、それぞれ袖を通す。たちまち彼らのテーブルは日ハムとオリックスそして西武、三球団の三つ巴《どもえ》状態となった。明らかにプロ野球ファン、しかもパ・リーグ党と思《おぼ》しきグループである。

さっそく日ハムのユニフォームを着た眼鏡の男が指を三本立てながら注文する。

「マスター、とりあえず生ビール、三つ！」

するとオリックスファンの長身の男も指を三本立てながら、

「マスター、とりあえず枝豆、三つ！」

最後に西武ファンの小太りの男が指を三本立てながら、

「マスター、とりあえずホームランバー、三つ！」

――やっぱり、あるのね、そのメニュー！

つばめは心の中で激しくツッコミを入れる。一方、勝男は気にしない様子。注文の品がテーブルに届けられるのを待って、彼は自ら三人組のテーブルに歩み寄っていった。

「こういう者なんだが、少し質問させてもらっていいかね？」

勝男が警察手帳を差し出すと、乾杯を終えたばかりの三人は揃《そろ》って怪訝《けげん》な表情。そんな中、ファイターズのユニフォームを着た男――マスターの呼び方に倣うなら《日ハムさん》となるだろうか――彼の眼鏡の奥の眸《ひとみ》が興味深そうに輝いた。

「さては昨夜の事件ですね。神宮外苑で《カープおじさん》が被害に遭った事件……」

たちまち他の二人、《オリックスさん》と《西武さん》も「ああ、あれか……」と腑《ふ》に落ちたような表情。どうやら高原雅夫は彼らの中では《カープおじさん》の呼び名で通っているらしい。

勝男がそのことを問いただすと、再び《日ハムさん》が口を開いた。

「ええ、あの人、いつもカープの帽子を被っていましたからね。べつに親しい間柄じゃないから名前は知らないし、他に特徴もないので僕ら勝手に《カープおじさん》って呼んでいました。あの人、殺されたそうですね。お宝ユニフォームを狙った強盗に襲われて……」

「ホンマ酷《ひど》い話やなあ」と関西人らしい《オリックスさん》が憤慨しながら枝豆を口に運ぶ。

「けど、あの《カープおじさん》、新井のサイン入りユニフォームなんて、よう持っとったなあ。しかも背番号28って話や。いったいどこで手に入れたんやろか」

「まったくだ」と頷いたのは《西武さん》だ。彼はホームランバーを齧《かじ》りながら、「あの人、カネ持ってなさそうなくせに、あんな高価なものを大事にしてたなんて超意外。よっぽど好きだったんだな、カープのことが。俺ならさっさと売ってカネに換えてるところだ」

身も蓋もない《西武さん》の言葉に、他の二人が同時に頷いた。

「確かに、おまえなら速攻で売るに違いない！」

「ホームランバーなら、何万本分になるやろ？」

そんな仲間たちの戯言《ざれごと》を《西武さん》は苦笑いしながら聞き流す。逸れかけた話題を、つばめはもとに戻した。

「ちなみに、そのお宝ユニフォームですが、実物をご覧になった方は？」

彼女の問いに三人は一瞬、顔を見合わせる。代表して答えたのは《日ハムさん》だ。

「いや、実物を見たことはありませんね。そもそも《カープおじさん》は僕らみたいに、店でユニフォームを着て野球談義で盛り上がるみたいな、そういうタイプじゃなかったようですよ。いつも店の片隅で、静かにひとりで飲んでいるような人でしたからね」

このあたりの話はマスターの証言と完全に一致している。つばめは質問を続けた。

「でも、ときには《カープおじさん》と会話を交わすこともあったのでは？」

「まあ、数えるほどですがね」といって《日ハムさん》は眼鏡を指先で押し上げた。「僕らは見てのとおり三人ともパ・リーグファンですからね。正直、広島カープのことには、さほど関心がないし、選手についても詳しくない。僕があの人との会話で記憶しているのは、今年カープからメジャーに移籍した前田健太《まえだけんた》投手の話題ぐらいです。この話題には《カープおじさん》も乗ってきたし、僕もプロ野球ファンとしてマエケンの活躍を喜んでいましたから、会話はそこそこ盛り上がりましたよ。でも、それぐらいですかねえ……」

「俺が覚えとるんはイチローに関する話やった。――あ、俺ってイチローファンやねん」

自分の顔を指差して《オリックスさん》が、そう付け加える。イチローはメジャーに移籍する前はオリックスの選手だったから、彼がイチローのファンであることには何の疑問もない。《オリックスさん》は腕組みしながら、記憶を辿《たど》るように天井を見やった。

「ほら、今年イチローの通算安打の世界記録が話題になったやろ。そのころ俺、『イチローは凄《すご》い』とか『ホンマに天才や』とか、みんなの前で得意げに喋ってたんよ。そしたらトイレにいったタイミングで《カープおじさん》とバッタリ遭遇してな。そんとき俺、あの人に嫌味いわれたわ。『ふん、イチローなんて大したことない！』ってな。そのことは、いまでも強烈に覚えとる。あの人って、実はカープ好きのイチロー嫌いやねん」

「へえ、いるんだな、そんな人」と《西武さん》は意外そうな顔つき。だが、すぐにピンときたような表情を浮かべて、「ははん、さては《カープおじさん》ってアレなのかな。ほら、カープファンの中によくいるだろ。日本プロ野球界で真の天才と呼べるバッターはイチローじゃなくて松井《まつい》でも落合《おちあい》でもなくて、実は前田智徳《とものり》！　そう頑《かたく》なに信じてる奴！」

「出た――天才前田最強説！」と《日ハムさん》が身を乗り出す。「確かに前田のバッティングは天才的だったな。だが、それならうちの大谷翔平だって、それ以上の天才かも……」

「いや、打者としての能力やったら、やっぱイチローがいちばんやな」

「いやいや、飛ばす能力にかけては、うちの中村剛也がダントツだろ」

「いやいやいや、確実性という点からいえば、断然うちの若松《わかまつ》ですな」

瞬間、一同の間に流れる微妙な沈黙。澱《よど》んだ空気をかき回すように、つばめは「ゴホン」と咳《せき》をしてから、横目で父親のユニフォーム姿を睨み付けた。――お父さんは余計なこといわなくていいの！　ていうか若松勉《つとむ》って、もはやレジェンド過ぎるでしょ！

そして、つばめはまた話を元に戻す。今度は《西武さん》のほうに顔を向けながら、

「あなたは、その《カープおじさん》と何か話した記憶は？」

「うーん、僕もほとんど会話したことないなあ。うん、たぶん野球については一度もないと思う。むしろサッカーの話をチラッとだけしたことがある。実は僕、野球も好きだけどサッカーも好きでしてね。地元が埼玉だから浦和《うらわ》レッズのファンなんですよ」

所沢を本拠地とする西武ライオンズと、浦和を本拠地にする浦和レッズ。両チームを掛け持ちで応援する埼玉県民も、きっと少なからずいるだろう。小太りの彼が《西武さん》であると同時に《浦和さん》であったとしても、なんら不思議はない。「――それで？」

「何の拍子でそんな話題になったのか、よく覚えていないけど、俺が立ち飲みしている最中、あの人にそのことを喋ったんですよ。『僕、浦和レッズのファンでもあるんですよね』って。そしたら、あの人、実は自分もそうだっていったんです。妙にニヤニヤした顔でね。それで少しだけ二人でサッカーのことを話しました。もっとも、浦和レッズファンっていう割には、あの人、レ

ツズにもサッカーにもそんなに詳しくなかったようでしたが」

なんだ、それは？　と思わず首を傾《かし》げるつばめ。だが要するに今回の《カープおじさん》殺害、いや、高原雅夫殺害事件とは無関係な話なのだろう。野球とサッカー、広島と浦和、カープとレッズでは、どうにも繋《つな》がりようがない。そう判断したつばめは三人組への質問を終えた。結局、事件解決の手がかりになるような新事実は出てこなかったようだ。

肩を落とすつばめの隣では、勝男が憮然《ぶぜん》とした表情を浮かべながら、「ふむ、どうやら、この店には何もないらしいな。仕方がない。おい、つばめ、引き揚げようじゃないか」

「そうね」と頷いたつばめは、カウンターの向こうのマスターに対して、「お邪魔しました」と一礼。そして踵《きびす》を返すと、父とともに店の玄関へと歩を進める。と、次の瞬間――

「お待ちになってくださいな！」

つばめたちの背後から随分と丁寧なかつ強引な言葉。いったい誰よ？　と振り向いたつばめの視線の先に、ひとりの女性の姿。赤いユニフォームに赤い眼鏡。肩のラインで切り揃えた髪に赤いカチューシャ。さっきまで赤いカクテルを飲んでいた背番号『！』の彼女だ。

カウンターの端の席に座る彼女は、背の高い椅子を百八十度反転させた状態で、いまはフロアのほうを向いている。酔っているせいか、頬のあたりがほんのり赤い。だが赤い眼鏡の奥から向けられた視線は、揺るぐことなく神宮寺親娘のほうへと向けられていた。当然ながら、つばめと勝男はキョトン。互いに顔を見合わせていると、赤い眼鏡のカープ女子は高い椅子からフロアに降り立ち、再び丁寧すぎる口を開いた。

「お帰りになるのは、まだ早いのではございませんこと?」

ございませんこと? と尋ねられても返事に困る。つばめは戸惑いながら眉根を寄せた。

「あなた、私たちに何か用でも?」

「あら、それはこちらの台詞《せりふ》ですわ。あなたがたこそ、わたくしに用があるはずでは?」

「はあ、あなたに用!?」

「ええ、お見受けしたところ、お二人は刑事さんですわよね。昨夜の神宮外苑で起こった事件を調べるために、この店にいらっしゃった。でしたら、なぜ、このわたくしから話を聞こうといたしませんの? 誰がどう見たって、この中でわたくしがもっともカープっぽい恰好をしているというのに。無視するなんて、あんまり酷《ひど》いんじゃありませんこと?」

「あ、ありませんこと?」そりゃまあ、唯一彼女だけが赤いユニフォーム姿なのだから、彼女がいちばんカープっぽいことは一目瞭然ではあるが――「あのね、べつに私たちはカープファンに話を聞いて回っているんじゃないの。被害者をよく知る人物に話を聞きたいだけなの。それとも、あなた、被害者の知り合い?」

「知るわけありませんわ。だって、わたくし、今日初めてこの店にきたんですもの!」

――それこそ、知るわけないだろ。こっちだって、あんたに会うのは今日が初めてだ!

思わず怒鳴りそうになるところを、ぐっと堪《こら》えて、つばめは作り笑顔を浮かべた。

「そう、要するに、あなたはこの店の一見《いちげん》客。被害者のことは何も知らない。会ったこともない。だったらこちらとしても、何も聞くことはないわ。さあ、お父さん――じゃなかった、警部、さっさといきましょう。もう、ここでの用事は済んだのですから」

父親をせかしながら、つばめは玄関へと歩を進める。その背中に向けて、またまたカープ女子の丁寧すぎる言葉が響いた。「被害者の赤い帽子、タグは付いておりましたの？」

「はあ⁉」ガラス扉の手前で立ち止まって、つばめは思わず振り返る。「――タグ⁉」

「ええ、タグです。洋服などには必ず縫い付けてあるはずですわ。サイズや製造元や洗濯マークなどが書かれた小さな布が。もちろん帽子にも普通は付いていますわよねえ」

「え、ええ、確かにあるわね」いったい何がいいたいのだ、この娘《こ》？　つばめは悔しいけれども尋ねずにはいられなかった。「帽子のタグが、どうかしたの？」

「わたくしが思いますに――」と前置きして、赤い眼鏡のカープ女子は鋭くいった。「被害者の野球帽には、そのタグが付いていなかったのではございませんこと？」

「…………」思わぬ指摘を受けて、瞬間つばめは返答することができなかった。

タグ⁉　そんなものが、いったい何だというのか。タグなんて、あってもなくても事件に関係ないだろうに。いや、しかし待てよ――と冷静になって、つばめは真剣に思い返す。

実際のところ、現場に転がっていた高原雅夫の帽子にタグなんて付いていただろうか。帽子を裏返して眺めた記憶はあるが、被害者の汗の匂いを感じただけで、タグを目にした記憶はない。確かに、あの帽子にタグは付いていなかったようだ。帽子を使い込むうちに、縫い付けられていたタグが自然とちぎれたのか、あるいは持ち主が邪魔だと考えて自らハサミで切ったのか。タグがなくなるケースは様々に考えられると思うが、しかし、そんなことより何より――

「あなた、なぜ知ってるの？　あの帽子にタグがなかったことを」

以前に実物を見たのだろうか。だが彼女はこの店の一見客。被害者とは面識がないという。そんな彼女が、なぜ帽子のタグの有る無しを言い当てることができたのか。しかも彼女の口調には、二者択一の丁半ばくち的な雰囲気は微塵《みじん》も感じられなかった――

不思議に思うつばめの前で、背番号『！』の彼女が勝ち誇るような笑みを浮かべる。

つばめはまたしても尋ねずにはいられなかった。「あなた、いったい何者なの？」

「え、わたくしでございますか」といって彼女は胸に書かれた『Ｈｉｒｏｓｈｉｍａ』の文字に手を当てながら、「いえいえ、名乗るほどのものではありませんわ。わたくし、たまたまベースボール・バーを訪れた単なるカープファンに過ぎませんもの。ですが、どうしても名前が必要だというのであれば、そうですわねえ……とりあえず名字は『神津《かみつ》』……名前は『テル子《こ》』……『神津テル子』とでも、お呼びいただけますかしら」

5

広島カープで売出し中の外野手、鈴木誠也《すずきせいや》が二試合連続でサヨナラ本塁打を放ち、興奮した緒方《おがた》監督が彼のことを「神ってる！」と激賞したのは、今年六月のセ・パ交流戦での出来事だ。それにちなんだのだろうが、自らを『神津テル子』と称するとは、この女、随分とふざけたところがある。

だが、まあいい。ふざけた名前という点では、『神宮寺つばめ』だって似たようなものだ。他人のことを、とやかくはいえない。

そう考えて自分を納得させたつばめは、挑むような視線を神津テル子へと向けた。

「それじゃあ、あらためてテル子さんに聞くわ。あなた、なぜ被害者の帽子にタグがないことを知っていたの？　いや、それ以前にタグの有る無しって、そんなに大事なこと？」

「ええ、大変に重要ですわ。なぜなら、帽子にタグがあった場合、刑事さんたちはもうとっくに自分たちの勘違いに気が付いて、事件の真相にたどり着けているはずですもの」

「勘違い……私たちが……」

「ええ。そのタグには本来、バットを構える打者の横向きのシルエットが描かれていたはず。そのシンボルマークを見れば、女性のあなたはともかくとして、そちらの野球好きの男性刑事さんなら、ひと目で気付いたはずですわ。正面に『C』の文字が描かれた赤い野球帽。それが広島カープの帽子ではなく、シンシナティ・レッズの帽子だということに」

神津テル子の口から飛び出した衝撃発言。それを耳にした瞬間、「なんだって！」と大きな声を発したのは、つばめではなく、むしろ勝男のほうだった。「シ、シンシナティ・レッズの帽子だと!?　それってアメリカ大リーグの球団じゃないか。それを我々がカープの野球帽だと勘違いしたというのかね」

「ええ。べつに不思議な間違いじゃありませんわ。広島カープの野球帽とシンシナティ・レッズのベースボールキャップ。両者は赤い色調も『C』のマークもほとんど同じ。ちょっと見ただけでは、どちらがカープでどちらがレッズか、見分けることはできませんのよ。これはカープファンならば誰もが知る《カープあるある》ですわ」

「い、いわれてみれば確かに。私も大リーグ中継で見たような記憶がある」

「そうでしょうとも。ちなみに甲子園の強豪校、智辯《ちべん》学園の野球帽もカープとよく似ていますのよ。ただし、こちらは帽子の色が白で『C』のマークが赤。ですから智辯学園の場合、《カープとは逆》と覚えておいてくださいませ。そうすれば間違えずに済みます。これもまた有名な《カープあるある》ですわ」

それは《カープあるある》というより《高校野球あるある》では？　つばめは小首を傾げる。その隣で勝男は腕組みしながら唸《うな》った。

「しかしまさか、被害者の帽子がシンシナティ・レッズのものだなんて、いままで考えもしなかったぞ」

なぜだ、というように勝男が両手を広げる。テル子は即座に答えていった。

「それは被害者が新井さんのサイン入りユニフォームを着ていたからですわ。ユニフォームが明らかに広島カープのものなのに、帽子だけがシンシナティ・レッズのものだなんて、誰も思いませんものねえ。タグが付いていれば一目瞭然だったはずなのですが……」

確かにテル子のいうとおりだ、とつばめは唸った。自分たちは最初から、被害者の帽子をカープのものだと信じて疑わなかった。だが仮にタグが付いていれば、そこに描かれたマークを見て、正しい判断を下せただろう。メジャーリーグの公式グッズには、先ほどテル子がいったような、横向きのバッターを象《かたど》ったシンボルマークが必ず付いているのだ。

「だけど、なぜ？」と、つばめはあらためてテル子に尋ねた。「なぜ、あなたは被害者の帽子が、広島カープのものではなくて、シンシナティ・レッズのものだと断言できるの。あなただって、その帽子の実物を見てはいないはず。仮にちょっと見たところで、よく似た両者を見分けることはできないのでしょう？　だったら、なぜ――」

「それは、あくまで推理に基づいた、わたくし独自の判断ですわ。わたくし、こちらの男性三人組と刑事さんの会話を、聞くともなしに聞かせていただいておりました。そうして皆さま方の会話を聞けば聞くほど、わたくしは確信を持つようになったのですわ。この事件の被害者は広島カープのファンではなく、シンシナティ・レッズのファンに違いないと。例えば、そちらの眼鏡を掛けた男性――」

そういってテル子は《日ハムさん》を指で示しながら、

「彼は被害者である男性との間で以前、前田健太投手のお話をして盛り上がったのだとか。しかし、いうまでもなく前田健太さんは広島カープの選手ではなくて元・広島カープの選手。今年からはロサンゼルス・ドジャースの所属ですわ。前田健太さんのお話をしたからといって、その男性がカープファンということにはなりませんわよねえ」

「なるほど、確かに」と頷いて、《日ハムさん》は眼鏡を指先で押し上げた。「僕はカープに纏《まつ》わる話題をチョイスしたつもりだったが、おじさんにしてみれば、それはメジャーリーグに纏わる話題だったのかもしれない。シンシナティ・レッズのファンならば、当然メジャーの出来事には詳しいだろうから、マエケンの活躍についても話はできる……」

「あッ、ほんなら、あのおじさんがイチロー嫌いって話も、ホンマは……」

そう叫んで指を弾《はじ》いたのは、関西弁の《オリックスさん》だ。

彼の言葉にテル子は静かに頷いた。

「ええ、お気付きのとおりですわ。その男性はべつにイチローが嫌いだったのではありません。おそらく彼はピート・ローズ氏のファンなのですわ。ご存知ですよね、ピート・ローズ氏のこと。主にシンシナティ・レッズで活躍した伝説のバッターですわ。彼の記録した通算安打4256本はメジャーリーグ史上に残る最多安打記録として燦然《さんぜん》と輝いております。ところが、この偉大な記録に今年イチローが並びました。まあ、並んだといいましても、イチローのそれは日米通算の安打数。あくまで参考記録に過ぎないのですが、メディアはそれを大きく報じました。『イチローがピート・ローズ氏の記録を塗り替えた』という具合にです。そして、このような報道に対して、プライドの高いピート・ローズ氏が不満を表明したということも、野球好きの皆様ならご存知のことでしょう。だとすれば、シンシナティ・レッズを贔屓《ひいき》にする男性が、ピート・ローズ氏の肩を持つのも当然のこと。そんな彼の目の前でオリックスファンの方が、イチローを誉《ほ》めそやすものだから、彼は思わず一言いってやりたくなったのですわ。『イチローなんて大したことない』と。その言葉が真に意味するところは、『イチロー嫌い』ではありません。『ピート・ローズこそが世界一』――きっと彼はそういいたかったのですわ」

「なるほど、そやったんか」と《オリックスさん》も腑に落ちた表情だ。「ほんなら、あのおじさん、前田智徳こそが真の天才バッターって思っとったわけでも、なかったんやな」

「ええ、もちろんですわ。彼にしてみれば《天才前田最強説》なんて、きっとお笑い種《ぐさ》だったに違いありません」そうキッパリ断言したテル子は、しかしカープ女子として若干気が咎《とが》めたのだろうか、「——あ、しかし念のためにいっておきますが、わたくし自身は《天才前田最強説》をまったく疑っておりませんのよ。実際イチローなど大したことありませんわ。わたくしの目から見て、史上最強の打者といえば、それはイチローでも松井でもピート・ローズでもなくて、前田智徳さま！　あの方をおいて他にはあり得ませんもの！」

「いや、しかし、その前田を凌駕《りょうが》していたと思うぞ、うちの若松の全盛期は……」

——いま誰も話題にしてないでしょ！　若松勉の全盛期なんて！

余計な口を挟む父親を、つばめは横目でキッと睨みつける。勝男は不満げに肩をすくめるポーズ。一方《前田智徳愛》を存分に語ったテル子は満足そうな表情である。

狭いフロアに一瞬の静寂が舞い降りる中——

「あのー、いまさら聞くまでもないかもしれませんが……」といって、おずおずと手を挙げたのは、小太りの《西武さん》だった。「それじゃあ、あのおじさんのことを浦和レッズのファンだと思ったのは、僕の一方的な勘違いってこと？」

「ええ、まさにそういうことですわ。あなたは被害者の男性の前で、自分が浦和レッズのファンであることを口にしたそうですわね。そのとき彼は『自分も浦和レッズのファンだ』とは、いわなかったはずですわ。おそらく彼はニヤニヤしながら『自分もレッズのファンだ』とだけ答えたのでしょう。もちろん『レッズはレッズでも……』というような冗談のつもりですわ。しかし、この冗談を埼玉県民であるあなたは真に受けた。あなたは彼の前でサッカーの話をしてみたものの、彼はさほど話に乗ってこなかった。無理もありませんわね。彼の愛するレッズは、浦和レッズではなくてシンシナティ・レッズ。——要するに、レッズ違いなのですから」

力強く断言するカープ女子を前にして、パ・リーグ党の三人組が揃って頷いた。

「僕らが勝手に《カープおじさん》だと呼んでいた、あの人は……」

「ホンマは《シンシナティ・レッズおじさん》だったわけやな……」

「しかも僕らの話を聞いただけで、それをズバリと見抜くとは……」

「凄いぞ、神津テル子！」

「ホンマ、神ってるわ！」

「まさに、神ってる子！」

綺麗《きれい》に三等分された台詞を言い終えた彼らは、「イェーイ！」と歓声をあげると、互いの持つグラスの縁を「カチーン」と合わせた。まるで贔屓チームが逆転勝利を飾ったかのような喜び様。すべての謎が解き明かされたような高揚した雰囲気が、狭い店内に漂う。

そんな中、隣の勝男が重大な何かを思い出したように口を開いた。

「ん、だが待てよ。いまの推理が正しいとするならば、先ほど彼がいったことは、いったい何なんだ？　さっき彼が口にした、あの言葉。あれは辻褄《つじつま》が合わないのでは……」

まるで独り言のように呟きながら、勝男が顎に手を当てる。つばめもハッとなって店の奥に視線を送る。すると神津テル子が、我意を得たり、とばかりに細い指を弾いた。

「ええ、まさに刑事さんのおっしゃるとおりですわ。被害者の男性は広島カープのファンではなくて、シンシナティ・レッズのファンだったはず。だとするなら、そんな彼がテレビで流れるカープ戦を見て小さくガッツポーズをする、なんてことはありません。ましてや、他球場の途中経過に一喜一憂するだなんて、そんな馬鹿な。考えられないことですわ」

「うむ、確かにそうだ。ということは――？」

「わたくしが思いますに、彼の供述はまったく事実に反するもの。すべては赤い帽子を被った男性をカープファンだと勘違いしたが故の、頓珍漢な作り話。マツダスタジアムの観客席を埋め尽くすカープレッドよりもいっそう赤い、それはもう真っ赤な嘘《うそ》なのですわ！」

そういって、神津テル子はその場でくるりと反転。カウンターのほうへと身体を向けると、真《ま》っ直《す》ぐ前方を指差して叫んだ。

「そうではございませんこと？　嘘つきなお髭のマスターさん！」

瞬間、カウンターの中で初老のマスターの顔が強張《こわば》る。その手から滑り落ちたガラスのコップが、床の上で砕け散って耳障りな音をたてた――

6

「な、なんということだ……」

俺は床に散らばったガラスの破片を眺めながら、ワナワナと唇を震わせた。なぜ、こんなことになったのだろうか。すべては計画どおりに進んだはずだったのに——

ネット上で発見した新井貴浩のお宝ユニフォームは、無事にゲットできた。そして俺は計画を練った。神宮球場でヤクルト－広島戦がおこなわれる九月二日こそが、犯行の日取りとしてもっとも相応《ふさわ》しかった。そこで俺は前もって高原雅夫と連絡を取り、その夜に神宮外苑で待ち合わせる約束を取り付けた。「要求されたカネを渡す」と俺が都合のいいエサを投げたので、高原は疑う様子もなくこの誘いに乗った。『ホームラン・バー』は半月遅れのお盆休みと称して休業にしてしまえば問題はない。そうして迎えた昨夜、俺はカネの代わりに背番号28のユニフォームを鞄に入れて、神宮外苑へと出かけたのだ。

待ち合わせの場所で、高原は暗がりにひとり佇《たたず》んでいた。例によって『C』のマークが付いた赤い帽子を頭に乗っけてだ。その姿を見れば、道行く人は誰もが彼のことを《神宮球場へ向かう熱烈なカープファン》と思ったことだろう。実際には、あたりは暗くガランとしていて、彼に注意を向ける者などひとりもいなかったはずだ。

そんな中、高原と二人で密かに対面した俺は、隙を見て彼の脇腹をナイフで刺した。

地面にくずおれた高原を前にして、俺は鞄の中から赤いユニフォームを取り出した。そして、それを敢《あ》えて中途半端な感じで彼の死体に着せてやった。ユニフォーム強奪犯が、半分ほどそれを脱がせたところで凶行に及んだ。そんなふうに見せかけるためにだ。

殺人計画はミスなく遂行されたはずだった。それなのに——ああ、なんということだ。

高原雅夫がカープファンじゃなかったなんて！

彼の赤い帽子がシンシナティ・レッズのものだったなんて！

じゃあ、彼に新井貴浩のユニフォームを着せた俺は、いったい何だったんだ！

自らの間抜けすぎる失策に、俺は強く唇を嚙《か》む。その視線の先には正真正銘のカープファンらしい背番号『！』の女の姿。――神津テル子。この女さえいなければ！

心の中で恨みがましく呟く俺。だが神津テル子は俺の気持ちを逆なでするような勝ち誇った表情。赤いユニフォームの胸に描かれた『Ｈｉｒｏｓｈｉｍａ』の文字を誇示するかのように胸を張っている。一方、親娘らしい二人の刑事は顔を見合わせて、互いに頷きあう仕草。やがて娘のほうの刑事が俺のもとへと歩み寄り、厳しい声でいった。

「あらためてお尋ねしますがマスター、昨夜あなたはどこで何をしていましたか？」

「…………」俺は答えることができなかった。

第2話　2017年

20000本安打のアリバイ

1

野島敬三《のじまけいぞう》といえば、テレビでお馴染みのベテランアナウンサー。有名大学を出て関東の某有名テレビ局に入社した彼は、まずはニュースや情報番組で頭角を現すと、やがてスポーツ中継の実況アナとして活躍。特にプロ野球中継における独特の実況スタイルは《野島節》とも呼ばれ、彼を局の看板アナウンサーへと押し上げた。その特徴は軽妙な語り口と豊富な語彙、そして何より露骨なまでの巨人びいきにあったことは、当時のプロ野球ファンならば誰もが知るところだ。

ジャイアンツ側に本塁打が飛び出せば、「入るかッ、入るかッ、入ったぁぁ～～～原ぁ辰徳ぃのぉぉ～～～逆転ほぉぉ～～～むぅらぁ～～～ん～～～ッ」とまるで息子が東大にでも入ったかのような大はしゃぎ。逆に相手チームに本塁打が出た場合は、「あ、槙原《まきはら》、逆転の一発を喫しました……」と実に素っ気ないアナウンス。しかも語りの主語が常にジャイアンツ側なので、音声だけ聞いていると、相手チームの誰が本塁打したのか、サッパリ判《わか》らないというケースもしばしば。そんな彼の偏った実況は、当然ながら巨人ファンには熱烈に支持され、他球団のファンからは憎悪と嘲笑の的だった。

そんな野島敬三アナは四十歳を区切りにして長年勤めたテレビ局を退社。フリーのアナウンサーに転身を遂げると、その後はスポーツ実況のみならずバラエティ番組の司会業にも進出。感動のVTRなどが流れるテレビ画面の片隅で、ひと目も憚《はばか》らず号泣する彼の姿は、お茶の間に誘い涙と爆笑の両方をもたらした。うるさ型の視聴者からは「そこまで泣くか?」「どうせ嘘泣きだろ!」「さては徳光和夫《とくみつかずお》アナの後ガマ狙ってやがんな!」などと散々に揶揄《やゆ》されながらも、フリーアナウンサーとしての野島敬三は安定した人気を維持。五十代後半となった現在も活躍を続け、そのジャイアンツ愛もいまだ健在である。が、しかし――

――残念ながら、この男の人生も今夜が最後だ!

私は心の中で決意を新たにしながら、ポケットの中の凶器を握り締めた。何の変哲もない荷造り用のロープ。だがロープ一本を両手に構えて相手に襲い掛かるような、迂闊《うかつ》な真似《まね》はしない。私は隣に座る男の姿を、そっと横目で確認する。自宅のリビングに置かれた高級ソファの上で、野島敬三はすっかり寛《くつろ》いだ体勢。背もたれに上体を預けながら、その視線は大画面テレビへと一直線に注がれている。映し出されているのはマツダスタジアムのナイトゲーム、広島対巨人だ。どうやら試合に夢中らしい。ならば、いまが好機だ。

私は静かにソファから立ち上がった。トイレに向かうような、あるいは冷蔵庫の飲み物を取りにいくような、ごく自然な振る舞い。その動きに、彼はいっさい関心を示さない。テレビ画面を食い入るように見詰め続けている。

――しかし、そこまで真剣に見るような試合だろうか？　最終回の攻撃を迎えて、もはや巨人は敗色濃厚のようだが？

若干の疑念を抱く私。だが何にせよ彼が試合に集中してくれるのは、こちらとしては好都合だ。事が済むまで、ぜひそのままテレビを見ていてほしい。心の中で念じながら、私は黙ってソファの後ろへと移動。そこにある飾り棚に置かれた洋酒のボトルへと右手を伸ばす。ボトルの首を握り締めて、再びソファに向き直ると、背もたれから覗《のぞ》いた彼の頭が目の前だ。どうぞ殴ってください、といわんばかりの無防備な後頭部。それを前にして、私は心の中で叫んだ。

――絶好のチャンス！　殺《や》るなら、いまだ！

私は無言のまま、手にしたボトルを相手の頭上へと振り下ろす。

と次の瞬間、目の前から彼の頭がフッと掻《か》き消えた。何の前ぶれもなく、いきなり彼が立ち上がったのだ。振り下ろされたボトルは、誰もいないソファの背もたれを叩《たた》き、ボコンと間抜けな音を響かせた。――わわッ、シマッタ！

絶好球を空振りした打者のような気持ちで、私は思わず舌打ち。ショックのあまり、その場にへたり込みそうになる。だが、そんな私の目の前で、当の野島は意外にも平然とした様子。背後で響いたボコンという物音にも、いっさい構うことなく、立ったままテレビ画面を凝視している。まるでマツダスタジアムに向けて念を送ろうとするかのように、彼は両手を合わせて何事か祈っているのだ。

私は確かに絶好球を空振りした。だが、どうやら三振したわけではないらしい。打ち直しのチャンスはまだ残っている。ならば、次の一振りで決めてやる。そう気を取り直してボトルを構えなおした、その直後――

唐突に目の前の彼が、こちらを振り向いた。

「おい、よく見ておいたほうがいいぞ、この阿部《あべ》の打席は……ん!?」彼は口にしかけた言葉を中途で止めて、怪訝そうな表情。眼前にある洋酒のボトルと、それを握り締める私の顔を交互に見返しながら、「何してるんだ？　そんなもの持って……」

「…………」答えに窮した私は、咄嗟《とっさ》に洋酒のボトルをバットのように両手で構えながら、苦し紛れの笑顔を浮かべた。「は、はは、ちょっと素振りの練習……なんちゃって！」

「なんちゃって!?」最近、滅多に聞かない言葉を耳にして、ますます彼は腑《ふ》に落ちない表情。そして、いまさらながら疑念の声を発した。「そういえば、さっき後ろでボコンって変な音がしたようだったが……あの音は……お、おい、まさか……」

こちらの殺意を察したのだろう。ようやく彼の顔に不安と恐怖の色が滲《にじ》む。恐れおののき後退しようとする彼は、しかしソファの前に置かれたローテーブルに足を取られて転倒。無様な姿で床に転がった。――よし、今度こそチャンス！

再び巡ってきた絶好球を逃すまいと、私は一気にソファを乗り越える。そして倒れた彼へと襲い掛かった。相手の身体に馬乗りになると、手にしたボトルを一気に振り下ろす。二度目のスイングは、ボコンではなくゴツンという硬質な音を響かせ、確かな手ごたえを私の掌に伝えた。

野島は「うッ」と呻《うめ》き声を発すると、そのままガックリと床に突っ伏した。どうやら気絶したらしい。

　私は洋酒のボトルを手放すと、あらためてポケットから一本のロープを取り出した。それを気絶した彼の首に巻きつける。そして私は強い力でそれを絞めていった。

　そのときなぜかテレビ画面の音声が、ふいに高まる。往年の《野島節》を思わせるような絶叫調のアナウンサーの声が、嫌でも私の耳に届いた。

「打ったぁ〜〜〜ッ、打球はライト前へ〜〜〜落ちた、落ちましたッ、ヒット、ヒット〜〜〜ッ、ジャイアンツ阿部慎之助《しんのすけ》ぇ、にぃせぇんあんだぁ〜、たっせぇ〜〜〜いッ」

　アナウンサーの叫んだ『にぃせぇんあんだぁ〜』は、どうやら『2000安打』の意味だったらしい。そのことに気付いたころには、私の手の中ですでに野島敬三は息絶えていた。

　死体を床に横たえて顔を上げる。テレビ画面に映るのは阿部慎之助の姿。『2000HITS』と書かれたプレートを掲げて、ファンの歓声に応えている。そんな阿部のもとに、昨年ひと足早く奇跡の2000本安打を達成し、ファンをして『まさか、あの新井さんが……』と驚嘆せしめたカープ新井貴浩が、大きな花束を持って駆けつける。スタンドからは敵味方関係なく惜しみない拍手が送られていた。

　そういえば、今日の広島戦は阿部慎之助の記録が懸かった試合だった。どうりで野島が普段にも増して、熱心にテレビを見ていたわけだ。彼は試合の勝ち負けではなく、ただ阿部慎之助の通算2000本安打達成の瞬間を目に焼き付けたいという、その一心でテレビ画面を見詰めていたのだ。にもかかわらず、その念願の場面を目にする寸前に、彼は無念にもこの世を去った。だとすれば、彼には少し悪いことをしたかもしれない――

「いや、殺しておいて『少し悪いことをしたかも』っていう言い方もアレか……」

そんなことを呟く私の視線が、ふとローテーブルの上に留まった。そこに置かれているのは、野島が愛用したスマートフォンだ。生前、彼は事あるごとに、このスマホの画面に指を走らせていた。その姿を脳裏に描いた私は、気になることに思い至った。

「そういえば、ツイッター……」

人気アナウンサー野島敬三は、業界でも有名なツイッター愛好者だった。そのフォロワーの数は数十万人ともいわれている。おそらくは大半が野球ファンだろう。彼のツイートする内容は、そのほとんどが巨人戦がらみの野球ネタだったからだ。

「だとすると……」

阿部慎之助が通算2000本安打を達成した、この瞬間に野島は何かしらつぶやくはずではないのか？　一瞬だけ考えて、私の中ですぐに結論は出た。

「当然、つぶやくにきまっている……」

ならば、私は彼に成り代わってつぶやかなくてはならない。他人のツイッターで本人に成り代わって勝手にツイートすることを《乗っ取り》と呼ぶ。野島敬三のツイッターを乗っ取るためには、彼のアカウントとパスワードが必要となる。だが私は、それについて心当たりがあった。年齢による記憶の衰えを何よりも恐れる野島は、大事なことを手帳にメモする習慣がある。そして、その手帳を肌身離さず持ち歩いているのだ。

私は死体のポケットを探った。小さな手帳が胸ポケットの中にあった。手帳のページを捲《めく》りながら、私はニヤリと笑みを浮かべる。

「よし、思ったとおり……これで、なんとかなる……」

そして私は野島敬三としてのつぶやきを残すため、死者のスマホへと手を伸ばした。

2

人気アナウンサー野島敬三が変死体となって発見されたのは、八月十四日月曜日の午前のことだった。現場は神宮外苑から程近い、南青山《みなみあおやま》にある自宅のリビング。第一発見者は所属事務所のマネージャー永井《ながい》祐介《ゆうすけ》三十二歳だ。彼は死体発見に至る経緯について、このように語った。

「今日は午前中からテレビ収録の仕事が入っていました。『プロ野球、珍プレー好プレー』のナレーションの仕事です。それで私は朝の九時ごろに車で野島さんの自宅を訪れたんです。普段なら野島さんは準備万端整えて、私の到着を待ち構えているはず。ところが今朝は呼び鈴を鳴らしても、全然姿を現さない。私は心配になりました。野島さんは奥さんと熟年離婚してからは、ずっと一人暮らしですからね。それで私は庭に回って、サッシ窓からリビングを覗いてみたんですが……いや、ビックリしました。ソファの傍《そば》で野島さんが倒れているじゃありませんか。私は慌てて玄関から室内へと飛び込みました。ええ、玄関の鍵は開いていました。私はすぐさまリビングに駆け込み、倒れている野島さんのもとに……ですが、そのときすでに野島さんは冷たくなっていました……」

「なるほど。それで永井さん自身が、その場で一一〇番に通報した。そういう流れですね」

警視庁捜査一課の若手女性刑事、神宮寺つばめが手帳を片手にしながら確認する。

「ええ、おっしゃるとおりです……」

永井祐介が唇を震わせると、つばめの隣に立つベテラン男性刑事が一歩前に進み出て、

「――とすると、その『珍プレー好プレー』のナレーションの仕事は、今後どうなるのかね？　あの番組は《野島節》あってのものだろうに。代わりに別のアナウンサーを起用するんだろうか？　例えば、それは誰？」

いきなりどうでもいい質問を挟んでくる上司に対して、つばめは咄嗟《とっさ》に耳打ちした。

「ちょっと、お父さ……いえ、警部！」あやうく失言しそうになるところをぐっと堪《こら》えて、つばめは冷静な口調でいった。「個人的な関心から質問するのは、やめてもらえますか」

苦言を呈する娘の前で、神宮寺勝男警部は威厳を保とうとするように背広の胸を張った。

「おいおい、何をいうんだ、つばめ。無関係かどうかは、まだ判らんじゃないか」

――いいえ、判ります。『珍プレー好プレー』は殺人事件とは関係ありませんから！

そう心の中で断言してから、つばめは父親からプイと顔をそむけた。知ってる人は知っていることだが、勝男とつばめは警視庁捜査一課にただ一組だけ存在する親娘刑事だ。熱狂的スワローズファンを自任する父親と、そのせいで『つばめ』と名付けられた娘。二人の特殊な関係を、勝男は《親子鷹《おやこだか》》ならぬ《親娘燕《おやこつばめ》》と呼んでいる。父はこの呼び名が結構お気に入りのようだ。

——ま、私はちっとも気にいっていないけどね、チッ！

心の中で舌打ちするつばめは、気を取り直して第一発見者へと向き直った。

彼女たちがいるのは殺害現場となった野島邸のリビングだ。ただし被害者の遺体は、すでに搬出されている。先ほどまでそれが転がっていた床の上には、いまはもう白いテープで、その輪郭が示されているばかりだ。

ちなみに、検視に立ち会った監察医の所見によれば、被害者が凶行に遭ったのは昨夜のことらしい。死亡推定時刻は午後七時から十一時までの四時間程度——との見立てだった。

そのことを念頭に置いて、つばめは再び永井祐介に尋ねた。

「あなたは昨夜、どこで何を？　野島敬三さんと一緒ではなかったのですか」

「野島さんと一緒だったのは夕方の仕事が終わるまでです。その後、野島さんは自宅に戻られたはず。私も事務所には戻らず、真っ直ぐ家に帰りました。帰宅したのは午後六時ごろ。それ以降はアパートの部屋でずっとひとりです。なにせ独身ですからね。当然、午後九時以降のアリバイなんて、まったくありません」

「ん!?」彼の言葉に引っ掛かりを覚えたらしく、勝男が横から口を挟む。「午後九時以降？　我々は昨夜のことを尋ねているのに、なぜ午後九時以降の話に限定するのかね？」

「え、だって午後九時ごろまでは、野島さんは生きていたはずでしょ？」

いきなり『はずでしょ？』といわれても困る。つばめと勝男は互いに顔を見合わせた。

「それって、どういう意味ですか」

つばめが尋ねると、永井は自分のスマートフォンを取り出しながら、

「だって、野島さんのツイッターが更新されていますもん。昨夜の午後九時ごろに」

そういって、永井はスマホを操作する。どうやら彼は普段から野島敬三のツイッターをフォローしているらしい。手馴《てな》れた指の動きでツイッターの画面を呼び出して、「ほらね」と示す。

神宮寺親子は「どれどれ？」と顔を並べて彼のスマホを覗き込んだ。

ツイッターの表示名は本名のまま『野島敬三』。アイコンとして用いられている顔写真はＹＧマークの野球帽を被った中年男性。まさに野島敬三本人だ。そこには昨夜の彼のツイートが、時系列に沿ってずらりと並んでいる。内容は極めて特徴的なものだった。

〈阿部の第1打席はセカンドゴロ。でも、まだ試合は始まったばかり。今日こそは二千安打達成の瞬間を、この目に焼き付けたいなぁ。頑張れ、慎之助！〉

〈慎之助、第2打席はフォアボールで2000安打ならず。岡田《おかだ》投手が勝負を避けたな。さては2000本目を打たれた投手になりたくないのか。勝負しろよ、岡田！〉

〈阿部、第三打席は二塁への併殺打。このまま負けるなら、阿部の打席はあと一打席か。でもチャンスはある。慎之助、がんばれ！〉

「ふーん、なるほどねえ……」とつばめは深々と頷いた。野島敬三といえば有名な巨人ファン。そして昨夜はジャイアンツの主砲、阿部慎之助の通算2000本安打が懸かった大事な試合だった。その試合をテレビ観戦する野島が、阿部の打席ごとにツイッターに投稿していたというのは、いかにも頷ける話だ。そんな彼のツイッターにおける最新の投稿、すなわち最後のつぶやきは、いまとなっては哀れを誘うほど幸福感に満ちたものだった。

〈やった！　やりました！　阿部慎之助の第四打席目は、カープ今村《いまむら》投手からライト前へのクリーンヒット。二千本安打の大記録、ついに達成！　捕手としての二千本安打は巨人史上初。まさに素晴らしいの一言です。おめでとう、慎之助！〉

勝男は永井祐介のスマホ画面を指差していった。「ふむ、この試合なら、私もテレビで見ていた。阿部が2000本安打を達成したのは九回表のこと。時刻でいうと、ちょうど午後九時ごろだったな。野島敬三氏は、その記録達成をテレビで見てツイッターを更新した。だとすれば、確かにその時刻までは、彼は生きていたということになりそうだが……ん、しかし待てよ。このツイートは少々おかしな部分があるな……」

「え、おかしな部分？」つばめは真顔で尋ねた。「いったい、どこに不審な点が？」

「ほら、ここに『捕手としての二千本安打』とあるだろ。これは事実に反する。なぜなら近年の阿部は一塁手での出場が大半。捕手として2000本を打ったとは到底いいがたい。それに引きかえ我らが古田敦也《ふるたあつや》は、どうだい！　彼こそ正真正銘、キャッチャー一筋で打ちまくっての2000本安打だぞ！　うちの古田に比べりゃ阿部の記録なんてものはだなあ……」

「やめてあげて、お父さん！　阿部選手の記録だって、古田選手に負けない立派なものよ！」

つばめが慌ててG党への配慮を示すと、勝男は人差し指を左右に振りながら、

「おいおい、つばめ、何度もいってるだろ。事件現場で『お父さん』はよせって！」

「だったら、私だって何度もいってるでしょ。現場で『ヤクルト自慢』はやめて！」

燕に角はないのだが、あたかも角突き合わせるように、激しくいがみ合う《親娘燕》。そんな二人の姿を見やりながら、永井祐介は不思議そうに首を傾《かし》げていた。


マネージャーからの聞き取りが終わると、入れ替わるように二人の人物がリビングに姿を現した。ひとりは二十代後半と思しきスーツ姿の男。整った顔立ちには、どことなく被害者の面影がある。もうひとりはパンツルックの中年女性だ。豹柄《ひょうがら》のジャケットを大胆に着こなしている。若いころは美人だったであろう顔に、いまは分厚い化粧が施されている。

捜査員の説明によれば、若い男は野島翔太《しょうた》。被害者のひとり息子で、現在は父と同じ芸能事務所にタレントとして所属しているという。要するに二世タレントだ。

一方、中年女性のほうは大塚陽子《おおつかようこ》。被害者とはかつて婚姻関係にあった女性だという。すなわち野島敬三の別れた奥さんであり、野島翔太にとっては実の母親というわけだ。ひとり息子が『野島』の姓を名乗っているということは、離婚原因は陽子のほうにあったのだろうか。確かに、

よその男と浮名を流しそうな派手めの女性ではある。

そんな下世話なことを思いながら、つばめは目の前の親子を眺める。すると、さっそく野島翔太が二枚目顔を歪《ゆが》ませながら聞いてきた。「父が殺されたと聞いて、母とともに慌てて駆けつけたんです。こんな酷《ひど》いことを、いったい誰が……何の目的があって……？」

「いまは、まだ判りません」そう答えたのは勝男だ。「ともかく捜査にご協力いただけますかな。――では、さっそくお聞きしたいのですが、被害者を恨んだり憎んだりしていた人物、トラブルになっていた人物などに心当たりは？」

「いえ、そんな心当たりは全然ありません。父は立派な人格者でした。父のことを悪く思う人物など、ひとりもいるわけがない。――まあ、ここにいる母は別ですけどね」

「ちょっと翔ちゃん！」母親が血相を変えて口を挟む。「それ、どういう意味よ。私はあの人のことを恨んでも憎んでもいないわ。私たちが別れたのは、単なる性格の不一致なんだから。私があの人を殺したなんて、思わないでちょうだいね」

「なるほど、そうですか」と頷いた勝男は、「あ、君、こっちへきて」といって息子の翔太だけを窓辺へ呼び寄せる。そして囁くような小声で尋ねた。「君の母親はあのようにいっているが、実際のところは、どうなのかね？」

翔太は同じく囁きで答えた。「性格の不一致は事実ですよ。それで母は別の若い男と遊びまわるようになり、最終的には父が母を家から追い出したんです。そりゃもうドロドロの離婚劇でした。そのときの感情的なシコリは、いまでも母の中に残っていると思います」

「ふむ、そんなことだろうと思ったよ」勝男は翔太の肩をポンと叩いて、再びリビングの中央へと舞い戻る。そしてアッサリと話題を変えた。「ところで野島敬三氏が亡くなったいま、彼の遺産は誰が受け継ぐことになるのでしょうね？」

「それは、まあ、ひとり息子の僕ってことになるでしょう」野島翔太が自分の胸に手を当てる。

「だからといって、僕が遺産目当てに父を殺したなんて、まさか考えないでしょうね、刑事さん？　僕は殺人を犯してまで、父の財産を欲しがったりしませんよ」

「いえいえ、もちろん、そんなこと……」と慌てて手を振る勝男は、「あ、お母さん、ちょっとこちらへ」といって母親の陽子を窓辺に呼び寄せる。そして再び小声で囁いた。「息子さんは、あのようにいってますが、実際のところは、どうなんでしょうね？」

「それがその、母親である私の口からいうのもナンですが、息子には有名人の二世にありがちな浪費癖がありまして、普段から遊ぶカネには困っていた様子。本音をいえば、息子はあの人の財産を喉から手が出るほど欲していたのではないかと、そう思います」

――互いに庇《かば》い合おうという考えはないのかしら、この親子？

冷淡すぎる親子関係を前にして、つばめはゲンナリした気分。それと同時に、

――いったい何なのよ、お父さん、その《囁き戦術》は？　かつての名捕手、野村克也《のむらかつや》氏に何か教わったの？

父親の意外なスゴ技を見せ付けられて、つばめは目を見張る思いだった。

そんなつばめの前で、勝男は得意げな表情。「ふむ、そんなことだと思いましたよ」といって、

陽子の豹柄ジャケットの肩をポンと叩く。そしてリビングの中央に戻ると、またアッサリと話題を変えた。「お二人のことを疑うつもりは毛頭ありませんが、念のため教えていただけますかな。昨夜、お二人がどこで何をしていたのか――？」

『毛頭ない』どころか、勝男は頭から疑ってかかっている様子。そんな彼の質問に対して、まずは野島翔太が口を開いた。「昨夜は午後七時ごろから事務所にいました。仕事の打ち合わせです。それが午後九時半ごろまで続きました。それから午後十時に友達と飲む約束があったんで、ひとりで事務所を出てタクシーで渋谷《しぶや》の居酒屋へ。ええ、約束の十時には、もう友人と会って乾杯していましたよ。そのまま二人で深夜二時ぐらいまで飲みましたね。――え、一緒にいた相手ですか？　タレント仲間の上杉春佳《うえすぎはるか》って娘《こ》ですよ。本人に聞いてもらえば判ります。僕は父を殺してなんかいませんよ」

裏を取ってみなければ何ともいえないが、話を聞く限りでは、野島翔太の昨夜のアリバイはしっかりしているように思われた。一方、大塚陽子のほうは、それほどしっかりしたものではない。彼女は昨夜のアリバイについて、こう語った。

「私は午後七時ごろから、行きつけの飲み屋にいました。他の常連客と一緒にね。で、店を出たのは試合が終わった直後のことだから、午後九時半ごろだったと思います。その後は家に戻って、寝るまでずっとひとりでした。ですからアリバイがあるといえるのは、午後九時半までですね」

「ん、試合が終わった直後!?」勝男は気になるワードにたちまち飛びついた。「試合って何の試合ですか。あ、ひょっとして、あなたも飲み屋のテレビで巨人戦を……？」

すると彼女は勝男の発言を中途で遮るように「いんや」と一言。そして何らかのスイッチが入ったかのごとく唐突に捲《まく》し立てた。「はん、巨人戦なんて、べつにどーでもええんですよ。それより昨夜の注目カードは、なんちゅうても阪神戦でしょ。うちが見てたんは、そっちですよ、刑事さん」

「………」さては大塚陽子、関東在住のタイガースファンか！　つばめは虎の尾を踏まないようにと、慎重に問い掛けた。「い、意外ですね。お好きなんですか、阪神……」

「ええ、お好きですとも！　田淵《たぶち》、江夏《えなつ》の時代から」

といって陽子はいきなり豹柄ジャケットのボタンを外し、前を開いてみせる。瞬間、つばめは思わず声をあげそうになった。ジャケットの下から現れたのは豹柄ではなく虎柄。タイガース伝統の猛虎Tシャツだ。「なんやら昨夜は、みんな阿部の2000本安打で騒いどったみたいですけど、そんなん大したことありません。阿部慎之助なんかより、鳥谷敬《とりたにたかし》のほうが遥《はる》かに上ですもん。まあ、今季の鳥谷やったら、九月の上旬には2000本に到達するんと違いますか。しかも遊撃手という過酷なポジションをこなしながらですから、ホンマ偉い選手ですわぁ。それに比べたら阿部なんて……」

「か、母さん！　いくら阪神ファンだからって、阿部選手の記録を馬鹿にしないで。母さんがそんなふうだから、二人の仲が破綻したんだろ。もう、いい加減にしろよ！」

嘆く翔太の言葉を聞き、つばめは「なるほど……」と腑に落ちた。野島敬三と陽子の離婚原因は《性格の不一致》というよりは、むしろ《球団の不一致》だったらしい。

すると得意の話題に勝男も黙っていられなくなったのだろう。睨み合う親子の間に割って入りながら、「まあまあ、落ち着いてください。確かに息子さんのいうとおりだ。阿部慎之助と鳥谷敬、どちらも優秀な選手です。まさに甲乙付けがたい。――とはいっても、まあ、遊撃手でありながら2000本安打といえば、うちの宮本慎也《みやもとしんや》のほうが断然上でしょうな。その守備は華麗にして堅実。なんといっても彼には抜群のリーダーシップがある。うちの宮本に比べりゃ鳥谷なんて……」

と、いきなり阪神の人気選手をディスるような発言。その偏った言葉を耳にして、大塚陽子の顔が醜く歪む。いまにも顔面の厚化粧にヒビが入りそうだ。そんな危うさを感じたつばめは、父親の発言を掻き消すような大声で叫んだ。

「やめて、お父さん！　それ以上いったら、かえって墓穴を掘るわよ」

――なにせ2000本打った選手としては、宮本はまあまあ地味な部類なんだから！

そんなこんなで、神宮寺親娘は野島翔太と大塚陽子からの聞き取りを終えた。

リビングに残った勝男は、現場のソファに腰を下ろしながら溜《た》め息《いき》を漏らす。「やれやれ……結局、判ったのは、阿部や鳥谷より古田や宮本のほうが上ってことだけだな……」

「違いますよ、警部。問題なのはアリバイの有無だったはずです」

すっかり《野球脳》になってしまった父親に成り代わり、つばめは部下として要点を整理した。

「監察医の見立てでは、死亡推定時刻は午後七時から十一時までの四時間。だけど被害者は午後九時ごろに自身のツイッターを更新しているから、その時点では、まだ生きていた。とすると、死亡推定時刻は午後九時から十一時までの二時間ほどに狭まります」

「そうそう、そのツイッターだがな、犯人が被害者に成り代わってつぶやいている、という可能性は考えなくていいのか？」

父にしては良い目の付け所だ。つばめは即座に答えた。「確かに、その可能性は否定できません。被害者のスマホは奪われているようですし、あとはアカウントやパスワードさえ判れば、被害者のツイッターを乗っ取ることはできます。ツイッターを更新して、あたかも被害者が生きているかのように装うことも……」

と、そのときリビングに登場したのは、若い男性刑事だ。

「神宮寺警部！　重要な目撃情報が得られました。昨夜、神宮外苑で……」

といって勢いよく勝男のもとへ駆け寄る。勝男は呑気《のんき》そうな声で、「おいおい、どうしたんだ、そんなに慌てて。神宮外苑でつば九郎のジョギング姿でも目撃されたのかね？」

冗談っぽく尋ねる勝男に、若い捜査員が意外な答えを返した。

「いえ、ジョギングではありません。ウォーキングです、警部」

「……え、つば九郎が？」

「いえ、そいつではありません」捜査員は困惑の表情を覗かせながら、「目撃されたのは、野島敬三氏です。昨夜、神宮外苑で野島氏が元気にウォーキングする姿を、複数の人物が目撃しています。しかも午後十時ごろに」

「え、昨夜の午後十時！」目を丸くしたのは、つばめだ。「じゃあ、その時刻まで野島氏は生きていたんですね。てことは、彼が殺されたのは十時以降ってこと？」

「うむ、そういうことになるな」勝男は深々と頷いた。

だとするなら、あのツイッターの投稿も、べつに不審に思う必要はない。野島敬三はテレビで阿部慎之助の2000本安打達成の瞬間を見届け、すぐさまツイッターに投稿。それから夜のウォーキングに出掛けた。ならば凶行に遭ったのは、ウォーキングを終えて家に帰り着いた後のことだろう。つばめは確かな手ごたえを感じながら、

「やったじゃない！　これで犯行の時間帯はぐっと狭まるわね、お父さん」

「こら、お父さんじゃないだろ。警部だぞ、警部！」

つばめの発言を咎める勝男。その表情は満足そうな微笑《ほほえ》みを湛《たた》えていた。

3

翌日の夕刻。つばめと勝男は、燕党の本拠地である神宮球場から程近い、とある商店街にいた。その一角にある馴染みの店を訪れるためだ。とはいえ、神宮寺親娘がその店を訪れるのは約一年ぶり。古い記憶を頼りにしてあちこち歩き回るうちに、ようやく二人は目的の店にたどり着いた。

「ふうん、この店、潰れてなかったのね。なんだか一年前と全然変わってないみたい」

「うむ、働いている人間は入れ替わっているはずだがな」

そんな会話を交わしながら、二人は店の古びた看板を見上げた。

店の名は『ホームラン・バー』。といっても駄菓子屋で売っているアイスバーとは、まったく関係がない。そこは夜ごと野球好きが集まっては、酒を酌み交わしながら野球談義に花を咲かせる呑み屋。いわゆるベースボール・バーと呼ばれる店である。

扉を開けて中に入ると、目に飛びこんでくるのは壁に貼られた有名選手のポスターや、ガラスケースに陳列された野球関連グッズの数々。店の一角には大型テレビがあって、その時々の注目ゲームが映し出されるようになっている。だが、いまはまだ開店してすぐの時間帯。店内は閑散としており、テレビはまだどこの試合も映してはいない。立ち飲みスペースにもカウンター席にも客の姿はないようだ。唯一の客は四人掛けのテーブル席にポツンと腰を下ろし、所在なさげにオレンジジュースを掻き回していた。

白いワンピースを着た若い女性だ。袖から伸びる華奢《きゃしゃ》な二の腕が美しい。その肌は雪のように白く、ストレートロングの黒髪は濡《ぬ》れたような艶を放っている。ひと目見てモデルか女優、もしくはタレントと判る美女だ。つばめと勝男は互いに目配《めくば》せして、真っ直ぐその女性のもとへと歩み寄った。警察手帳を示しながら、勝男が問い掛ける。

「上杉春佳さんですね？」

ワンピースの女性が小声で「はい」と頷く。勝男は自分の胸に手を当てながら、「警視庁の神宮寺です。で、こちらが部下の神宮寺刑事」といって隣のつばめを指で示した。

――そんなテキトーな紹介で、ちゃんと伝わるの？

つばめは横目で父親を見やる。案の定、上杉春佳は二人の神宮寺刑事を前にしてキョトンだ。

しかし勝男は相変わらずのマイペース。彼女の向かいの席に腰を下ろしながら、

「上杉さんの自宅にお邪魔しても良かったんですがね。聞けば、あなたの所属する芸能事務所は、この商店街の近くだとか。それでこの店のことを思い出したんです。いやあ、あなたのような美しい方を、こんな店にお呼びたてして申し訳ない限りですな——」

すると『こんな店』という言葉が気に障ったのだろうか。カウンターの中にいるマスターらしき髭の男性が、ジロリと勝男のことを睨む。勝男は気にする様子もなく二本の指を立てながら、

「マスター、アイス珈琲《コーヒー》二つ」

やがて注文の品が届くのを待って、刑事たちは上杉春佳からの聞き取りを開始した。

知りたいのは、もちろん事件のあった夜のことだ。いくつかの単純な問いと、それに対する答えが繰り返される。やがてズバリと核心に迫る問いを発したのは、勝男のほうだった。彼は真っ直ぐ相手の目を見据えながら、

「——ところで上杉春佳さん、野島敬三氏が殺害された夜、すなわち八月十三日のことをお聞きしたいのですが、あなたはその夜、どこで何をなさっていましたか？」

まるで容疑者にするような質問。だが上杉春佳は腹を立てる様子もなく、こう答えた。

「その日は撮影の仕事が夕方までに終わって、私はいったんアパートに戻りました。部屋でひと眠りして起きたのが夜の九時ごろ。それから身支度を整えて、地下鉄で渋谷に出掛けました。渋谷の居酒屋で野島翔太さんとお酒を飲む約束だったんです。ええ、約束の午後十時には、もう二

人で店にいました。それ以降、午前二時ごろまで二人でずっとお酒を飲んでいました。二人揃ってふらふらになった挙句、タクシーでそれぞれの自宅に戻ったんです。——これで、よろしいですか？」

美女の涼しい眸《ひとみ》が、刑事たちを正面から見据える。勝男は手帳に目を落としながら、

「ふむ、特に問題はないようですな」

と、つまらなそうに頷くばかり。つばめは落胆の息を吐いた。

どうやら野島翔太の話に嘘はない。だとすれば、彼はシロということになる。事件の夜の午後十時から深夜を遥かに過ぎる時間帯まで、野島翔太は渋谷の店で上杉春佳と一緒だった。その彼が南青山にいる父親を殺害できるはずがない。野島敬三が殺害されたのは、午後十時から十一時までのことなのだから。

それでも若干の疑念を払拭しきれないつばめは、恐る恐る尋ねてみた。

「あのー、上杉さんと野島翔太さんとは、そのー、どういったご関係なのでしょうか」

「関係って……ただのタレント仲間。飲み友達ですけど、それが何か？」

「ひょっとして恋人同士っていうことは……？」

つばめが踏み込んだ質問を投げると、美女の柳眉がくっと持ち上がった。

「刑事さんは、私と野島翔太さんが深い仲で、そのため私が彼を庇っている。口裏を合わせてあげている。そうおっしゃりたいのですか。でも、そんな口裏合わせは不可能です。だって、私と彼が一緒に飲んでいる姿を、居酒屋の大将や店員たちが見ているんですから。彼らに聞いてもら

えば、真実か嘘かは一発で判ることです」

上杉春佳の反論はもっともであり隙がない。それを受けてつばめは、

「そ、そうですよねえ……ええ、私もそうだと思います……」

そういって、ただ誤魔化すような笑みを浮かべるしかなかった。


それから、しばらくの後。上杉春佳が去っていった店内では、勝男が仏頂面でアイス珈琲を啜《すす》っていた。「どうやら野島翔太のアリバイは堅そうだ。彼が遺産目当てで父親を殺害したという線は、ほぼ消えたな。となると怪しむべきは彼の母親、大塚陽子のほうか。それとも次にやってくる彼か……」

「高倉精一《たかくらせいいち》ね」つばめは低い声で、その名を告げた。

実は、二人がこのバーを訪れたのは、単に上杉春佳と会うためだけではなかった。もうひとり別の人物との面談をセッティングしてあるのだ。高倉精一という名のその男は、野島敬三の先輩に当たるベテランアナウンサー。二人は長年の付き合いだが、ここ最近は険悪な仲に陥っていたらしい——という耳寄りな情報が別の捜査員から寄せられているのだ。

その情報の真偽を確かめるため、勝男は高倉精一に面談を申し出た。すると彼のほうから面会場所として、この『ホームラン・バー』を指定してきたのだ。上杉春佳からの聞き取り調査が、同じくこの場所になったのは、いわばついでのことである。

やがてバーの扉が音を立てて開いた。姿を現したのは、還暦前後と思《おぼ》しき男性だ。テレビで何

度も目にした温和な顔。そして太り気味の体形。ベテランアナウンサー高倉精一に間違いない。

だが、そんな彼の服装は、つばめたちの想定を覆すものだった。

彼は青いユニフォーム姿で店に現れたのだ。青いといってもスワローズではない。ベイスターズでもライオンズでもなさそうだ。テーブル席に歩み寄ってきた彼の胸には、鮮やかな筆記体で『DRAGONS』と書かれている。そういえば高倉アナは、知る人ぞ知る熱狂的中日ファン。そのことを、つばめは思い出した。

ドラゴンズ・ブルーに身を包む彼はアイス珈琲を注文して、刑事たちのいるテーブル席に腰を落ち着けた。そして開口一番、「どうも、高倉です。すみませんね、刑事さん、わざわざこんな店に呼び出したりして」

高倉精一の口から再び『こんな店』発言が飛び出し、マスターはカウンターを拳で叩いて悔しがっている。つばめは思わず苦笑いしながら、「いえいえ、私たちにとっても、この店は初めてではありませんから。そうですよね、警部……って、ちょっ、ちょっと、お父さ……いや、警部！ 何やってんですか。こんなところで急に……」

と猛烈に戸惑うつばめの隣。勝男はいきなり背広の上着を脱ぐと、バッグの中から持参したユニフォームを取り出す。スワローズのホーム仕様のそれは、勝男が応援の際に着用するレプリカユニフォームだ。どうやら中日のユニフォームを前にして、スワローズファンとして黙っていられなくなったらしい。たちまちユニフォーム姿に変身した勝男は、目の前のアイス珈琲をひと口。

それから、おもむろに質問へと移った。

「殺害された野島敬三氏との関係は、どのようなものだったのでしょうか」

「私は野島君の大学の先輩です。フリーのアナウンサーになったのも、私のほうが先だった。それで彼がフリーになるとき、私と同じ芸能事務所に入るよう勧めたんです。以来、同じ事務所の仲間ってわけです」

「しかしながら最近、あなたと野島氏は険悪な関係にあったそうですが」

「誰に聞いたんですか？　まあ、良好な関係だったとはいいがたいですけどね」

——これって何？　ヤクルトファンと中日ファンがユニフォーム姿でする会話？

つばめは大いに疑問を感じたが、それとは関係なく二人の会話は淡々と続いた。

「しかし私は、彼との仲が険悪だったとまでは思っていませんよ。ただ私と彼は年齢も近くてキャリアも似たり寄ったり。しかも同じ事務所に所属している。彼が何かの番組に起用されれば、その分、私の出番が減っていくという関係です。同じ番組にベテラン男性アナは二人も必要ないですからね。そんなわけで、いまとなっては私にとって彼は目の上のタンコブ。しかし、だからといって殺すほど仲が悪かったわけじゃない」

「なるほど、そうですか」感情のこもらない声で頷いた勝男は、疑念に満ちた眸を相手へと向けながら、「ですが念のため、事件の夜のアリバイを伺ってもよろしいですか」

「ええっと、事件の夜というと何曜日でしたっけ？」

「あれは『阿部慎之助が２０００本安打を打った曜日』です」

そんな曜日はない。八月十三日は日曜日だった。が、しかし——

「ああ、はいはい、『阿部が2000安打した曜日』ですね」

さすが野球ファン同士というべきか。勝男のテキトーすぎる説明は、高倉アナには充分に有効だったらしい。彼は即答した。「その日なら私も巨人戦を見ていましたよ」

「――カープ戦ですわ！」

と、そのときフロアの片隅から響く謎めいた女性の声。

マツダスタジアムでおこなわれた広島対巨人だから巨人戦ではなくてカープ戦であると、そう主張したいらしい。その指摘に一理あると感じたのか、高倉アナはすぐさま発言を翻した。

「ええ、そう、広島対巨人の一戦です。やはり阿部の2000安打達成の瞬間には興味があったものですから、自宅でテレビ観戦です。ええ、私ひとりでした。もう子供は独立していますし、妻とは数年前に離婚しましたので」

そのような生活環境も、彼は野島敬三とよく似ているようだった。

「阿部の2000本を見届けてからテレビを消しました。それから近所にある、いきつけの飲み屋へ。そこで深夜まで飲んでいましたね。飲み屋に居合わせた人たちが、証人になってくれるはずですよ」

「では午後十時以降は、ずっとその飲み屋に？」

「ええ、日付が変わるころまで、ずっと」

自信を持って答える高倉精一。その言葉を聞いて、「そうですか」と短く頷く勝男。そんな彼は聞き取り調査への情熱を、すでに失っている様子に見えた。事件の夜の十時以降のアリバイが完璧ならば、もはや犯人ではあり得ないと判っているからだ。

やる気を喪失した勝男は、前々から気になっていたのだろう。高倉精一の青いユニフォームを指差して話題を変えた。「その恰好《かっこう》、どうやら中日ファンのようですが」

「ええ、いかにも。名古屋出身でしてね」

「そうですか」勝男はニヤリとしていった。「しかし、今年のドラゴンズは悲惨な状況ですなあ。かつてはAクラスの常連だった《恐竜軍団》が、いまや見る影もない……」

「ふん、ヤクルトファンにいわれたくないね」高倉はムッとした表情。それから敢えて余裕のポーズで言い返した。「一昨年にはセ・リーグを制したヤクルトも、今年はダントツの最下位。この調子だとシーズン終了時には100敗ほどしているのでは？」

「ひゃ、100敗はないでしょう。そ、そりゃあ95敗くらいはするかもしれないが、100敗はあり得ない。——と思いますよ、たぶん」

自信なさげに否定するところを見ると、勝男も本心では《100敗の危険性アリ》と見ているらしい。一方の高倉も内心では《ドラゴンズ最下位転落》という最悪のシナリオに怯《おび》えているのだろう。そもそも中日とヤクルトは、今年のセ・リーグの中で完全に優勝圏外。ペナントレースにおいては、いわば上位チームの草刈り場だ。そんなボコボコにされた両チームのファンが顔を突き合わせているのだから、場の雰囲気がドンヨリするのは当然の帰結だった。

その澱《よど》んだ空気を吹き払うように、高倉精一が明るい声を発した。

「もはやチーム成績なんて、どうだっていい。今年は荒木《あらき》雅博《まさひろ》が2000安打を達成してくれた。

それだけで私は満足だ」

「へえ、荒木って2000本、打ちましたっけ⁉　その印象、薄いですが……」

「打ったよ、荒木も！　忘れないでくれ」高倉は目を剝《む》いて訴えた。「そもそも今年は開幕前から2000安打の当たり年といわれ、記録達成に注目が集まっていた。そんな中、まず六月三日、ナゴヤドームの楽天戦にて荒木が2000本を記録した。そして、つい先日に達成したのが巨人の阿部だ。阪神の鳥谷も九月には2000安打に到達するだろう。一方で今シーズンの2000本到達が確実視されていたソフトバンクの内川聖一《うちかわせいいち》は、怪我のせいで記録達成は来年に持ち越しになりそうだ。ロッテの福浦和也《ふくうらかずや》も記録達成間近だが、彼の場合、最近は出場機会が激減しているからな。果たして2000本にたどり着けるか否か、微妙な雰囲気になってきたようだ。そんなわけだから結局、今年の2000安打達成者は三人だな」

「いえ、四人ですよ」と勝男は指を四本立てて主張した。「うちの青木宣親《あおきのりちか》も六月に達成しています。ミニッツメイド・パークのエンゼルス戦でね」

「ふむ、日米通算2000本か。確かにそれも立派な記録だが、しかし『うちの青木』とは、どういう意味かね？　青木がヤクルトを離れて、もう随分長いが……」

「何年経《た》とうが、青木宣親はスワローズの選手です。彼は必ず帰ってきます。カープの黒田博樹《くろだひろき》が広島に復帰して、二十五年ぶりのリーグ優勝に貢献したように、青木もいつかきっとヤクルトに戻ってくる。そしてガタガタになったチームを、再び優勝へと導いてくれる。私はそう信じています……」

「あら、黒田さんは別格ですわ！」勝男の言葉を遮るかのごとく、再び店内に響く謎めいた女性の声。その声はさらに続けて「――あと新井さんも別格」と控えめに付け加えた。

盛り上がった《2000本安打トーク》に水を差されて、たちまち勝男たちは黙り込む。

一瞬シンと静まり返る店内。やがて高倉精一が「ゴホン」と、わざとらしい咳払《せきばら》いをして、ひとり席を立った。「どうやら質問にはすべてお答えしたようですな。それでは、私はこれで失礼しますよ、刑事さん。スワローズが100敗目を喫した際は、ご連絡を。記念にビールを奢《おご》りますよ。いや、それともヤクルト100杯を奢りましょうか。100敗した記念にヤクルト100杯。――ははは！」

「いえ、結構。100敗なんて絶対しませんし、ヤクルト100杯は飲めませんから！」

強がる勝男にくるりと背中を向けると、高倉精一は手を振りながら『ホームラン・バー』を去っていった。残された勝男は苦々しい顔を、つばめに向ける。そして無言のまま頷きあった二人は、その視線を一斉にカウンター席へと向けた。

いったい、いつの間に現れたのだろうか。さっきまで誰もいなかったはずのカウンター席に、いまは若い女性の姿があった。スツールにちょこんと腰を下ろして、こちら側に背中を向けている。ただの背中ではない。カープレッドのユニフォームを着た真っ赤な背中だ。背番号が記されているはずの場所には、番号の代わりに大きな『！』が記されている。ここがマツダスタジアムならば、それはカープ球団のマスコット、スライリー君の存在を意味するはず。

だが、この野球居酒屋において、その背番号（背記号？）は別の人物を意味するものだ。つばめたちは以前、その女性に会っている。

つばめはカウンター席に歩み寄り、彼女に挨拶した。

「お久しぶりね、神津《かみつ》テル子さん」

神津テル子――そう呼ばれた女性はスツールごと半回転して、つばめに顔を向けた。赤いレプリカユニフォームに赤いフレームの眼鏡。肩のあたりで切り揃えられた髪には赤いカチューシャ。カウンターに置かれたカクテルは『レッド・アイ』だ。基本、赤で統一された彼女は、どこからどう見ても立派な広島ファン。だが近年増殖中の単なるカープ女子ではない。いまから約一年前に起きたユニフォームがらみの殺人事件。関東の野球ファンを震撼《しんかん》させた、あの難事件を見事な推理で解決に導いた人物こそが、この女性なのだ。

勝男は隣のスツールに腰を下ろしながら、

「ほう、この場所で再び遭遇するとは奇遇じゃないか、神津テル子君」

と上から目線で呼び掛ける。すると彼女は気難しげな態度で、「いいえ、『神津テル子』というのは昨年の名前ですわ」と昔の名前で呼ばれることを拒絶した。「だって今年のカープが独走状態なのは、もはや実力。べつに『神ってる』わけでは、ありませんもの」

昨年は自分から『神津テル子』と名乗ったくせに――つばめは釈然としない思いを抱きつつ、彼女に尋ねた。「じゃあ、今年はあなたのこと、何て呼べばいいのかしら?」

「そうですわねえ。今年のカープの強さの秘密は、何といっても一番田中広輔《たなかこうすけ》、二番菊池涼介《きくちりょうすけ》、三番丸佳浩《まるよしひろ》という同級生トリオの活躍が大。ならば各人の名前を取って、わたくしのことは『田《た》中菊《なきく》マル子《こ》』とでも、お呼びになって下さいな」

4

かつて《安定のBクラス》と揶揄された弱小球団、広島東洋カープを近年Aクラスに押し上げた原動力といえば、打つほうでは菊池と丸のいわゆる『キクマル』コンビの存在が大きい。だが昨年、カープが二十五年ぶりのリーグ優勝を果たした際は、一番を打つ田中の活躍も目立った。そこで『キクマル』改め、新たに『タナキクマル』トリオと呼ばれるようになった今年、三人は開幕から不動のレギュラーとしてチームを牽引《けんいん》している。

――それで『神津テル子』改め『田中菊マル子』ってわけね！

確かに今年のカープっぽい名前ではある。一年ごとに名前を変える意味があるか否か、その点はよく判らないが、とにかくつばめは『田中菊マル子』という名前を了承した。

「ところで――あなた、ずっとそこで私たちの話を聞いていたわけ？」

「あら、べつに聞いていたわけではありませんわ。ただ自然と聞こえていただけです。どうやら、また殺人事件のようですね。存じておりますわよ、野島敬三アナが殺害された事件のこと。――で、解決の糸口は見つかりましたの、刑事さん？」

問われて、つばめは首を左右に振る。するとテル子は――いや、マル子は嬉《うれ》しそうに目を細めながら、「では、いかがですか、刑事さん。せっかく、こうして再会できたのです。わたくしに事件の詳細を話してみては？　何か良い知恵が浮かぶかもしれませんわよ」

「事件が起こったのは八月十三日、日曜日の夜十時以降のことだ……」

「ちょ、ちょっと、お父さん！」つばめは軽石のように口の軽い父親を睨みつけ、大声でたしなめた。「民間人に捜査上の機密をペラペラ喋《しゃべ》っちゃ駄目でしょ！」

「そういうがな、つばめ、この娘は単なる野球好きの女子ではない。類稀《たぐいまれ》なる推理力の持ち主だぞ。それは、おまえもよく知っているじゃないか」

「それは確かに、そうだけど……」つばめはマル子の力に頼りたい誘惑に駆られながらも、キッパリと首を横に振った。「やっぱり、そんなの駄目よ。——さあ、お父さん、いえ、警部！　本庁に戻りましょう。あらためて、これからの捜査方針を考えるんです。ほら、そんなユニフォームはさっさと脱いで、ちゃんと背広を着て！」

そういって、つばめは店の出入口へと歩を進める。勝男も渋々ながらユニフォームを脱ぎかける。そんな二人に向けて突然、マル子の鋭い声が浴びせられた。

「刑事さん、あのツイッターを見て、何かお感じになりませんでしたの？」

意外な問い掛けに、つばめはピタリと足を止める。勝男も脱ぎかけたユニフォームを再び着なおす。カウンター席でマル子は悠然と赤いカクテルを傾けている。目と目で頷いた神宮寺親娘は、再びカウンター席へと舞い戻る。そして両側からマル子を挟むようにして座った。

つばめはマル子の赤い眼鏡を覗き込むようにしながら、

「ねえ、『あのツイッター』って、事件の夜に野島敬三氏が投稿したツイートのことよね。あなた、あのツイートの内容を知っているの？」

「ええ。何を隠そう、わたくしも野島アナのツイッターのフォロワーのひとりですの。あの人の偏ったジャイアンツ愛には、わたくしも何度、失笑させられたことか……」マル子は口許《くちもと》に微《かす》かな笑みを浮かべると、「で、そのツイッターですが、あの事件の夜のツイートには少々おかしな部分があったのですが、お気付きになられまして？」

「ああ、気付いたとも。『捕手としての二千本安打』というところだろ。最近の阿部は一塁手での出場がほとんどで、もはや捕手とは呼べない。それなのに、あのツイートでは――」

「いえ、そういうことではなくて、それ以外のことですわ」

「ふむ、それ以外で、おかしな部分か……」勝男は眉根を寄せる。

「何か、あったかしらね……」つばめも首を捻った。

するとマル子は自分のスマートフォンを取り出して、画面に指を滑らせる。やがて、そこに表示されたのは、野島敬三のツイッターだ。この先、もう永久に更新されることのない死者のつぶやきの数々。マル子はあらためて、その文面を刑事たちに示した。

〈阿部の第1打席はセカンドゴロ。でも、まだ試合は始まったばかり。今日こそは二千安打達成の瞬間を、この目に焼き付けたいなぁ。頑張れ、慎之助！〉

〈慎之助、第2打席はフォアボールで2000安打ならず。岡田投手が勝負を避けたな。さては

2000本目を打たれた投手になりたくないのか。勝負しろよ、岡田！〉
〈阿部、第三打席は二塁への併殺打。このまま負けるなら、阿部の打席はあと一打席か。でもチャンスはある。慎之助、がんばれ！〉
〈やった！　やりました！　阿部慎之助の第四打席目は、カープ今村投手からライト前へのクリーンヒット。二千本安打の大記録、ついに達成！　捕手としての二千本安打は巨人史上初。まさに素晴らしいの一言です。おめでとう、慎之助！〉

画面を見やりつつ、つばめは首を傾げた。「このつぶやきが、どうしたっていうの？」

マル子は鋭く指摘した。「問題なのは、この最後のツイートです。よくお読みください。ほら、『二千本安打』という言葉が立て続けに二回出てきておりますわね？」

「ええ、そのようだけど、それが何か？」

「おかしいとは思いませんこと？　それまで阿部選手の迎えた三打席のツイートの中で、野島アナは『二千本安打』という言葉を一度も使っておりません。漢字で『二千本安打』と書いた箇所はありませんし、算用数字で『2000本安打』と書くこともしておりません。にもかかわらず、彼の最後のツイートだけ、それまで使っていなかった『二千本安打』という言葉が連続で出てくるなんて、絶対に変ですわ」

「ん!? ちょっと待ってよ……どういうこと!?」

「野島アナが『二千本安打』という言葉を使ってないだと!?」

つばめと勝男は両側からマル子のスマホ画面を覗き込む。そうしてシゲシゲと文面を眺めるうちに、ようやくつばめはマル子のいわんとすることを理解した。

「本当だわ。三打席目までのツイートの中には、漢字の『二千本安打』も算用数字の『2000本安打』も全然出てこない。『2000安打』とか『2000本』はあっても『2000本安打』とは、いってないみたい……」

「ようやく、お気付きになられまして?」

やれやれ、迂闊《うかつ》ですわね――といわんばかりの上から目線でマル子が悠然と勝ち誇る。

しかし勝男は、サッパリ訳が判らない、といった表情で、「――はあ!? それがいったい何だというのかね」

「おや、まだお判りになりませんの?」

マル子は呆れた顔を勝男のほうへと向けながら、ズバリといった。

「三打席目までのツイートと四打席目のツイート、両者はまったく別人のつぶやきですわ。早い話が、三打席目までは正真正銘、野島アナのツイート。ですが四打席目、記録達成直後のツイートは、別人が野島アナに成り代わってツイートしている。いわゆるツイッターの《乗っ取り》がおこなわれているのですわ」

マル子の大胆な指摘に一瞬、バーの空気が凍りつく。だが、勝男はすぐさま首を左右に振ると、

「いやいや、そうとは限らないだろ」といって猛然と反論に移った。「要するに、君がいっているのは《語句の統一》の問題だろ。確かに三打席目までのツイートと四打席目のそれとは、若干の違いが見られるようだ。しかし、この文章は正式な刊行物ではない。商業出版された本でもないし、新聞の見出しでもない。所詮はツイッター。ネット上に浮かぶ他愛もないつぶやきに過ぎないものだ。現に『2000本安打』という言葉以外にも、表現のブレが随所に見られる。例えば、『第1打席』『第2打席』は算用数字が用いられているのに、それ以降は『第三打席』『第四打席』と急に漢数字になっている。あるいは漢字で『頑張れ』と書いたり、平仮名で『がんばれ』と書いたりでバラバラだ。阿部選手のことも、『阿部』と呼んだり、『慎之助』と呼んだりしている」

「ええ、確かにそうですわね。結構、いい加減ですわ」

「だったら、それまでになかった『二千本安打』という表記が、四打席目になって急に出てきたとしても、別段おかしくはあるまい。どうせ同じ意味なんだから」

と一気に捲し立てて、ドヤ顔を浮かべる勝男。

そんな父親の言葉に、つばめも深く頷いた。確かにマル子の指摘した事実は、なかなか興味深いところではある。だが、それがたちまち野島敬三のツイッターの《乗っ取り》を示す根拠とは成り得ない。そう考えるつばめの目の前で、しかしマル子はなぜか余裕の表情。何ら動じる素振りも見せずに、こう言い放った。

「いいえ、わたくし、《語句の統一》の話など、いっさいしておりませんの！」

意外な言葉に、勝男とつばめは揃って首を傾げた。

「《語句の統一》の話ではない……?」

「じゃあ何の話をしているのよ……?」

問われてマル子は、しばし黙考。やがて顔を上げると、「では、このような説明はいかがかしら」といって彼女は人差し指を立て、ひとつの例を挙げた。「とある打者――べつに誰でも構いませんが、ではヤクルトの中軸、山田哲人《やまだてつと》としておきましょうか――山田が五回打席に立ったとします。内容はヒット、三振、ヒット、ヒット、ヒット。一般にこれを何といいますかしら?」

「はあ、うちの山田がヒット、三振、ヒット、ヒット、ヒット――で、それを何というか? そりゃあ、もちろん『山田哲人、大復活』だろ。それとも『ついにスランプ脱出』かな?」

3割30本30盗塁のいわゆるトリプルスリーを二年連続で達成中の山田哲人は今年、想定外の大スランプ。三年連続の記録達成は絶望的な状況にある。確かに五回打席に立って四本もヒットが出れば、『ついにスランプ脱出』とヤクルトファンならば誰もがいいたくなるだろう。

だがマル子が期待した答えは、それではなかったらしい。苦笑いする彼女に対して、つばめは別の答えを口にした。「要するに、5打数4安打ってことかしら?」

「そう、それですわ。5打数4安打」その答えを串刺しにするかのごとく、マル子は指を前に突き出した。「ところで、いま、あなた4安打といいましたわね。5打数4安打と」

「ええ、そういったけれど……」

「なぜ、5打数4本安打とはいいませんの?」

「はあ!? いうわけないでしょ、5打数4本安打なんて、そんなおかしなこと」

つばめの答えに、マル子は満足そうに頷いた。「そう、5打数4本安打という言い方はおかしい。実際、そのとおりですわ。『山田がヒット4本を放った』は変じゃないし、『山田が4安打した』も正しい。けれど『山田が4本安打した』はまったく変です。あるいは別の例を挙げましょうか。高橋慶彦《たかはしよしひこ》の生涯安打数は1826本ですが、果たしてこれを通算1826本安打というでしょうか」

マル子の問い掛けに、勝男はキッパリ首を横に振った。

「いや、そうはいわないな。野球ファンの多くは高橋慶彦の記録について、『もったいない！あのまま広島にいたなら2000本は確実だったのに……』と、そういっているはずだ」

「ええ、おっしゃるとおりですわッ！　あのまま慶彦様が広島にいたなら……ウウッ」

無念！　といわんばかりの表情でマル子が、ぎゅーっと唇を噛む。

高橋慶彦に深い思い入れを持つこの娘は、いったい何歳なのだろうか――と、つばめは素朴な疑問を感じたが、「いやいや、そんなことより！」

つばめは強引に話を元に戻した。「通算1826本安打という言い方をするかという問題だったわね。――いいえ、絶対しないわ。その場合は通算1826安打というはずよ」

「ええ、そのとおり」マル子も真面目《まじめ》な顔に戻って説明を続けた。「通算1999本安打ともいいませんし、2001本安打ともいいません。それなのに、ヒットの数がちょうど2000になったときだけ、なぜ『2000本安打』という言い方になるのか。そもそもヒットというものは1安打、2安打、3安打……100安打、200安打……1000安打、2000安打……そしてプロ野球記録の３０８５安打というふうに数えるもの。よって『２０００本安打』という言い方は完全に間違いです。ヒットの数え方として正しくない。正しくは『２０００安打』、もしくは『ヒットの数２０００本』というべきなのです」

マル子の説明に、つばめは何の反論も思いつかなかった。彼女自身、いままで『２０００安打』も『２０００本安打』も同じだと考えて、両者を区別せずに用いてきた。だが、意外にも両者の間には違いがあるのだ。明確な正誤の違いが――

「いや、しかしだな」戸惑いの色を浮かべながら、勝男が口を開く。「結構、普通に耳にするぞ、『２０００本安打』という言葉。私も使うし、テレビでも普通に使っているだろ」

「ええ、確かに大半の人が使っていますわ。何も知らず使っている人もいるでしょうし、誤用と知りながら、すでに一般に認知されていると考え、敢えて使っている人もいるでしょう。その理由は結局のところ『２０００本安打』という語呂の良さにあるものと思われます。『２０００安打』よりも『２０００本安打』というほうが、言葉に勢いがあるというか、何だか立派な感じがしますものね。しかし言葉に厳格な人の中には、その言い方をまったくしない人も実際おりますのよ」

「あ、そうか――」

つばめはあらためてマル子のスマホを覗き込む。そこに書かれた『２０００安打』、あるいは『二千安打』の文字が、いままでと違った意味を持って眼前に浮かび上がってきた。

「野島敬三氏は知っていたのね。ベテランアナウンサーである彼は『２０００本安打』という言葉が間違いであることを知っていて、慎重にその表現を避けていた。だから三打席目までの彼のツイートに『2000本安打』という言葉は一度も出てこないんだわ」

「そのとおり。にもかかわらず四打席目、記録達成直後の最も重要なツイートで、いままで避けていた『二千本安打』という言葉を急に使うなんて、どう考えたっておかしい。だから、このツイートだけは別人のものだと、わたくし、そう申し上げているのですわ」

マル子の説明を聞いて、勝男もようやく腑に落ちた様子で頷いた。

「なるほど。確かに《語句の統一》の話ではない。これはアナウンサーとしての矜持《きょうじ》に関わる問題ってわけだ。そう思って見れば、確かに最後のツイートだけは野島氏のものとは違う、誰か別人のツイートに思えるな。だとすると、この最後のツイートが投稿されたときには、野島氏はすでに……」

「そうよ、お父さん！」つばめは手を叩いた。「野島氏はそのときすでに殺害されていたんだわ。そして犯人にスマホを奪われ、ツイッターの《乗っ取り》を許していた……」

「ええ、そういうことですわ」確信を持った表情でマル子がいう。

釣られるように勝男も「なるほど、そうか」と頷きかける。だが、すぐさま矛盾に気付き、彼は慌ててブンと首を横に振った。「いいや、待て待て。よくよく考えたら、変じゃないか。最後のツイートが投稿されたのは、阿部が2000本安打……いや、2000安打を達成した午後九時ごろのことだぞ。そのころ、すでに殺人がおこなわれていたというなら、例の午後十時の目撃証言は、いったい何なんだ？」

「さあ、『何なんだ？』と問われましても、わたくしには判りませんわ。だって、わたくし、事件の詳細について、いっさい聞かされていないんですもの。『例の午後十時の目撃証言』とは、いったい何のことですの？」

いわれてみれば、そうだった。先ほど、つばめは事件の詳細についてマル子に説明することを拒絶した。にもかかわらず、マル子は自らがツイッターで入手した僅かな情報だけをもとにして、ここまで意外な推理を展開してきたのだ。あらためてその慧眼《けいがん》に舌を巻いたつばめは、事ここに至って、事件の詳細を彼女に伝えることにした。事件解決に向けてマル子のさらなる協力を求めるほうが賢明であると、自らの認識を改めたのだ。

つばめは午後十時の目撃証言について語り、それからいままで聞き取り調査をおこなってきた関係者たちのアリバイについて説明した。その話に熱心に耳を傾けていたマル子は、つばめの話がひと通り終わるのを待って、おもむろに口を開いた。

「ツイッターから導かれたわたくしの推理が正しいとするなら、午後十時に目撃された人物は本物の野島敬三氏ではあり得ない。ならば、それもまた別人ということになりますわね。おそらく真犯人には、野島氏に容姿のよく似た共犯者がいたのでしょう。その共犯者が野島氏のフリをしてウォーキングすることで、犯行時刻を実際よりも後ろにズラそうとしたのですわ。もちろん、真犯人の贋《にせ》アリバイをでっちあげるために」

「なるほど。そういうトリックだったわけか」

頷いた勝男は顎に手を当てながら、「我々はいままで、午後十時以降のアリバイがない人物こそが、真犯人だと思い込んできた。だが、実際はそうではなかった。むしろ午後九時ごろのアリバイを持たない人物こそが、真犯人というわけだ。――となると、それは誰だ？　野島翔太と大塚陽子の親子には午後九時のアリバイがある。野島翔太はその時刻にはまだ事務所にいて仕事の打ち合わせをしていた。一方の大塚陽子は行きつけの飲み屋で、他の常連客たちと一緒に阪神戦をテレビ観戦していた」

「ならば、その二人は真犯人ではないということになりますわね」

「では事件の第一発見者、マネージャーの永井祐介は、どうだ？　彼には事件の夜のアリバイが全然といっていいほどない。午後九時の犯行は可能だ」

「そうですわね。しかし、その人物には午後十時のアリバイもない。もし彼が真犯人なら当然、午後十時の完璧なアリバイを用意しておくはずですわ。そのために共犯者を用いて犯行時刻をズラしているのですから。――いいえ、永井祐介は真犯人ではありません」

マル子はキッパリと首を振る。そこで今度は、つばめが別の人物の名を挙げた。

「だったら、先輩アナウンサーの高倉精一は、どうかしら。彼は事件のあった午後九時には自宅でひとり巨人戦を――」

「カープ戦ですわ！」

「そ、そうね、ひとりでカープ戦を見ていたといっていた。だけど証人はいない。実際にはその時刻、彼は野島邸にいて犯行に及んでいたのかもしれないわ」

「ええ、可能性はありますわね。しかし、彼ではありませんわ。なぜなら先ほど、わたくし、その高倉アナと刑事さんとの野球談義を、聞くともなく聞いておりましたの。話題は『荒木雅博と青木宣親の2000本、どっちが地味か』ということでしたわね？」

「ええっと……『どっちが地味か』という話ではなかったと思うわよ……」

「いずれにせよ、2000本に纏わる話題でしたわ。しかし、わたくしの耳と記憶が確かならば、高倉アナはその話題を語る中で、一度も『2000本安打』という言葉を使っておりません。その点、野島アナとまったく同じですわ。おそらく二人はアナウンサーとして似たような教育を受けたのでしょう。あるいは高倉アナが後輩の野島アナを、そのように教育したとも考えられます。——『2000本安打』というのは誤用だぞ、と」

「い、いわれてみれば……」つばめは顎に指を当てて記憶を手繰った。「さっきは何気なく聞いていたけれど、彼は意識的に『2000本安打』という言葉を避けていたみたい」

「ええ。そんな高倉アナが野島アナに成り代わって贋のツイートを投稿したとしましょう。そこでわざわざ『2000本安打』という言葉を用いるでしょうか。——いいえ、あり得ませんわ。よって高倉精一アナは犯人ではありません」

「となると、他には……？」勝男が天井を向く。

「誰か、いるかしら……？」つばめは首を捻る。

「おりますわよ、もうひとり。事件のあった午後九時ごろのアリバイを持たず、その一方で午後十時以降の完璧なアリバイを用意していた人物が。それは上杉春佳です。彼女は午後九時にはアパートの部屋にひとりでいたといっており、確かなアリバイはない。しかし、午後十時には野島翔太と一緒に渋谷の居酒屋で飲んでいたという完璧なアリバイがある。彼女は若いタレントですし、おそらく言葉に厳格なタイプではないでしょう。いや、もちろん、これは偏見に過ぎません。後々ちゃんと調べてみる必要があるでしょうが――とにかく今回の事件の真犯人として、彼女こそはうってつけの人物ですわ」

そう断言したマル子は、続けて動機の考察に移った。「動機については、想像するしかありません。けれど、例えば上杉春佳が野島翔太と深い仲だった、実は結婚の約束をしていた、とすればどうでしょう。しかし、そんな二人の結婚に野島敬三氏が反対だった、としたならば？　これは立派な殺人の動機になりませんこと？」

「ううむ、上杉春佳か。彼女なら、さっきまで、この店にいたじゃないか！」

そういってスツールから腰を浮かせかける勝男。放っておけば、いまにも店を飛び出していきそうな勢いだ。そんな父親を諫《いさ》めるように、つばめが口を挟む。

「でも確証はないわよ。消去法的推理によれば彼女が残るというだけの話。まだ捜査線上に現れていない別の人物が真犯人という可能性だって、充分あるんだから」

「ええ、おっしゃるとおりですわ。わたくしも上杉春佳が絶対に犯人だと申し上げるつもりはありません。あくまで、刑事さんの話を聞く限りにおいては、彼女がいちばん疑わしい、と申し上げているだけですわ。どうか慌てて逮捕などなさいませんようにね」

「ううむ、それもそうか……」

勝男は渋々といった様子で、再びスツールに腰を落ち着ける。「じゃあ、これから我々は、どうすればいいんだ？」

「うーん、そうよねえ、これといって物的証拠もないわけだし……」

スツールの上で揃って腕組みしながら、深々と考え込むつばめと勝男。そんな悩める《親娘燕》に福音をもたらすがごとく、そのときマル子が再び口を開いた。

「ええ、いまの状況では逮捕は無理ですわね。ならば、いかがですか刑事さん、しばらく上杉春佳に張り付いてみられては？　彼女はどこかのタイミングで共犯者——すなわち被害者と瓜二《うりふた》つの容姿をした男性——と接触する可能性があると思いますの。その場を押さえることができれば、わたくしの推理の正しさも立派に証明されるというものですわ」

この単純明快な提案に、つばめと勝男はハッとした表情。揃って頷きあった二人は、同時にスツールを降りる。そしてマスター相手に素早く会計を済ませると、

「ありがとよ、田中マル子さん」

「助かったわ、菊池マル子さん」

と、それぞれにテキトーすぎる感謝の言葉を述べながら、矢のような勢いで『ホームラン・バー』を飛び出していく。そんな二人の背中に向けて、赤い眼鏡のカープ女子が叫んだ。

「違いますわよぉ——ッ、わたくし、『田中菊マル子』ですからぁ——ッ」

5

――どうやら、上手くいったらしい。

自分の住むアパートの一室。私はテレビのワイドショーを眺めながら、ニヤリとした笑みを浮かべていた。画面の中では関西弁の司会者が、『人気アナウンサー殺害事件』について報じている。だが、語られる中味に何ら新しいところはない。どうやら警察の捜査は長期化の様相を呈しはじめているらしい。そのことに私はホッと胸を撫《な》で下ろした。

そういえば何日か前にバーで面談した二人組の刑事――なぜか二人とも『神宮寺』という名前だったようだが、似てない親子だろうか――彼らが私から聞きたがっていたのは、明らかに野島翔太のアリバイだった。私のことを疑っている様子はなかった。そのことから見ても、今回の私の犯行は首尾よくいったものと思われる。

――これで私も、ついに玉の輿《こし》だ。

そもそも私が野島敬三を殺害しようと思った理由。それは私が野島翔太と結婚するにあたって、彼の存在が邪魔だったからだ。なぜなら、私は翔太と深い仲になる以前、その父である敬三のほうと関係を持っていた。そんな私のことを、彼が息子の嫁として容認するわけがない。そこで私は野島敬三の殺害を思い立ったのだ。彼を亡き者にすれば、私と翔太の結婚を阻む者はいない。おまけに死んだ敬三の遺産は翔太が受け継ぐのだから、これは一石二鳥の犯罪となる。そのためのアリバイ作りには、とある共犯者の協力を仰いだ。

そうして私はあの夜、野島邸のリビングで敬三を殺害したのだ。ただ唯一の誤算というか、想定外の出来事だったのは、犯行とほぼ同時に阿部慎之助が打ち立てた大記録だ。

お陰で急遽《きゅうきょ》、死者のツイッターを乗っ取る必要に迫られたが、それも難なくやり遂げた。結果的に私が投稿したツイートは、被害者の死亡推定時刻を誤魔化す効果を上げ、むしろ捜査の攪乱《かくらん》に役立ったはずだ。

――まさしく結果オーライってやつだ。

あとは事件のほとぼりが冷めるのを待って、共犯者に報酬を払う約束が残るばかり。もっとも実際にカネを払ってやるつもりなどない。共犯の男には永久に口を噤《つぐ》んでもらうつもりでいる。なにせ私が殺した男に、そっくりな顔をした男なのだ。そんな人物に周囲をうろちょろされては、私は枕を高くして眠れない。なーに、べつに殺したところで、そこから足がつく危険性は皆無だろう。共犯の男は被害者の親戚でも何でもなくて、単に私が偶然見つけた売れない役者なのだ。溺死体となって水辺にプカプカ浮いていれば、それを『人気アナウンサー殺害事件』と結び付けて考える者は、まずいないはずだ――

そんなことを考える私の耳に、そのとき玄関の呼び鈴の音が響く。誰かと思って玄関扉のドアスコープから覗いてみて驚いた。そこに立つのは野島敬三とよく似た顔の男だ。

「――ば、馬鹿じゃないの、あんた！　いったい何しにきたの！」

慌てて扉を開け、叱責の声をあげると、男は力のない声で情けない要求を口にした。

「すまないが約束のカネ、少し早めに貰《もら》えないか。今月、何かと物入りでね」

「はあッ!?　まったく、もう……とにかく中に入って！」

こんなところを誰かに見られたら、思わぬ墓穴を掘ることになりかねない。私は男の腕を取って、彼を部屋の中へと引っ張り込んだ。誰にも見られていなければいいが……

不安を抱きつつ、扉から顔を突き出して左右を確認。その視線の先に思いがけない二人組を見つけて、たちまち私は青ざめた。若い女性の神宮寺刑事と、冴《さ》えない中年男性の神宮寺刑事だ。二人は真っ直ぐ私の部屋へと歩を進める。私は魅入られたように身動きひとつできない。やがて玄関前にたどり着く刑事たち。私は勇気を奮って自ら先に口を開いた。

「あら、あのときの刑事さん……今日は、どうされました?」

すると若い女性の神宮寺刑事の口から意外な言葉。「実は上杉さんに、またお尋ねしたいことがありまして。事件のあった夜に阿部選手が達成した記録のことなのですが」

「はあ!?　阿部選手の記録って……あの『2000本安打』のことですか……?」

「ええ、その『2000安打』のことです」

——いったい、それが何だというのだろうか?

首を傾げる私の前で、すでに女性刑事は勝利投手のような笑みを浮かべていた。

第3話　2018年

タイガースが好きすぎて

1

　呼び鈴を鳴らしてしばらく待つと、目の前で玄関扉が薄く開かれた。ピーンと伸びきったチェーンの向こう側からギョロリとした目を覗かせたのは、白髪頭の初老の男。俺の叔父《おじ》、村山虎吉《むらやまとらきち》に間違いなかった。叔父は俺の顔を見るなり、

「なんだ、おまえか。珍しいな。どうした、急に？」

　と実に素っ気ない言葉。道端で野良猫と遭遇したときだって、もう少し感情豊かなリアクションがありそうなものだ。正直ムッとしたものの、ここで本心を露《あらわ》にするべきではない。俺は表面上《叔父さん思いの可愛《かわい》い甥《おい》っ子》を装いながら心配そうに口を開いた。

「なにいってんだよ。叔父さんの体調が悪いっていうから、心配して様子を見にきてやったんじゃないか」俺は叔父との間を隔てる無粋な金属を指で示して懇願した。「とにかく、このチェーン、外しておくれよ。外は雨降ってんだからさ」

「…………」叔父は大きな目玉を上下に動かし、スーツ姿の俺を靴の先から頭のてっぺんまでじ

っくり見詰める。警戒感を宿した眸は、まるで犯罪者を取り締まる警官のようだ。

——おいおい、随分と疑り深いな！　ていうか、なんて勘のいいジジイなんだよ！

叔父の用心深さに舌を巻きながら、俺はポケットの中で握り締めていたナイフの柄《つか》から手を放す。そして邪気のない笑顔で好印象を演出すると、叔父もようやく警戒を弛《ゆる》めた様子。いったん扉を閉めてチェーンロックを解除してくれた。大きく扉を開くと、「さあ、入れ」と無愛想にいって、俺を中へと招き入れる。叔父は奥さんを亡くして以降、ひとり暮らしだ。気兼ねする必要はなかった。靴を脱いで上がり込んだ俺は、リビングへと向かいながら、

「——で、どうなのさ、身体の具合は？」

「なに、大したことはない。今年の夏は災害級の猛暑だったからな。九月も後半になって、疲労がいっぺんに出たんだろう。だが、ここ数日は安静にしていたから、もう大丈夫だ」

そういう叔父は縦縞《たてじま》の寝間着姿。廊下を歩く足取りは、どことなく頼りない。いかにも回復途上の病人といった風情だ。俺は《可愛い甥っ子》の仮面をつけたまま、叔父の身体を気遣った。

「まだフラフラするみたいだね。寝てたほうがいいんじゃないのかい？」

「いや、テレビを見るぐらいは平気だ」

といって叔父はリビングの扉を開けた。途端に耳に飛び込んできたのは、野球中継らしい実況音声だ。叔父の後に続いて室内に足を踏み入れる。ソファの上には薄手の毛布と虎柄のクッション。テーブルの上には体温計と医者からの処方薬。そしてソファの正面には最新型のテレビがデンと鎮座している。五十インチはあろうかという大画面に映るのは、とある野球場の風景だ。

雨に濡《ぬ》れた内野の天然芝と、それを鮮やかに照らすカクテル光線。対戦するのは片や真っ赤なヘルメット、片や黒と黄色のユニフォーム。広島対阪神の一戦だ。赤いポンチョを着て観戦している熱心なファンが、ひときわ目に付く。マツダスタジアムは今日も雨の中での試合らしい。

「ふうん、叔父さん、相変わらず阪神ファンなんだね」

と俺は判りきった質問を口にした。実際には、叔父が筋金入りのタイガースファンであることは先刻承知である。なにせ名前が『虎吉』なのだ。これでカープファンだったら、いくらなんでも《看板に偽りアリ》、あるいは《名が体を現していないにも程がある》というものだ。

事実、叔父はテレビの野球中継を眺めながら得意げに頷いた。

「ああ、もちろんずーっと阪神ファンだとも。最初に好きになったのが小学生のころだから、もうかれこれ六十年近くになる。きっと死ぬまでタイガース一筋だろうな」

「ああ、そうだろうな」俺はポケットからナイフを取り出した。「きっと死ぬまで……」

「ああ、きっと死ぬまで……」感慨深そうに呟く叔父の視線は、マツダスタジアムの映像に注がれている。背後に忍び寄る俺の姿には、いっさい何の注意も払っていない。

俺はナイフを強く握って胸の位置に構えた。——ああ、そうさ。確かに、あんたは死ぬまで阪神ファンだよ！　だって阪神ファンのまま、今日ここで死ぬんだからな！

だが、俺が目の前の背中を目掛けて突進しようとする寸前、「そういや、さっき今年は猛暑といったが……」といって、いきなり叔父が後ろを振り返る。咄嗟に俺は凶器を持った右手を背中に回した。——間一髪セーフ！

叔父はこちらの殺意には何ら気付かない様子で、お喋りを続けた。「猛暑の一方で、今年の西日本は雨も多かったらしい」

「あ、ああ、知ってるよ。広島あたりでも豪雨災害があったもんな」

「そう、それで災害の直後にはマツダスタジアムでおこなわれる予定だった広島対阪神の三連戦がすべて中止になった。それ以外にも、今年の阪神は雨にたたられることが多い。甲子園《こうしえん》の試合がいくつも雨で中止になっている。で、中止になった試合はペナントレースの終盤に組み込まれるだろ。その結果、大変なことになった。九月の終わりから十月にかけて、なんと我が阪神は十四連戦を余儀なくされるのだ。十四連戦だぞ、十四連戦！　二週間ずっと休みなく毎日毎日、試合があるってわけだ。――うふッ、楽しみだな！」

「楽しみなのかよ！」俺は思わず呆れた声を発した。「そりゃあ、見る側は楽しみかもしれないけど、プレーする側はたぶん地獄だろ」

「まあ、そうだろうな。そういえば、昨日の試合も雨の中でおこなわれたんだ。中止にならなくて本当に良かったよ」叔父は俺に背中を向けると、再びテレビへと視線を戻しながら、「もしも昨日の試合まで中止になっていたなら、今後の日程は、どうなっていたやら……」

「へえ、そうかい」俺は背中にナイフを隠したまま、適当に話を合わせてセカンドチャンスを待った。「そういや、昨日の阪神戦なら俺もスポーツニュースで見たよ。普通なら中止になるような雨の中でメチャクチャな試合を戦ったんだろ」

「そうだ。そして阪神が勝った。大きな一勝だった」

「そうかな？　どうせ、もう消化試合じゃないのかい、今年の阪神の場合？」

「そんなことはない。広島の優勝マジックは四だから、もはや優勝まで秒読み段階だ。しかし我が阪神にも三位に滑り込む可能性は残っている。計算上は十四連戦をだいたい十一勝三敗ぐらいのペースでいけば、巨人を蹴落として三位に上がれるはずだ。三位に入りさえすれば、クライマックスシリーズで二位のヤクルトを破って、広島に挑戦できる。それも撃破すれば、次は日本シリーズだ。今季の阪神にも、まだ日本一の可能性はある」

「確かに僅かながら可能性はあるな」だけど、そういう日本一決定システムって、そもそもどうなんだ？　いや、それ以前の問題として、「どう考えても十一勝三敗ってのは……」

それは現在の阪神にとって想像を絶する数字だ。もはや阪神のBクラスは確定的と、俺には思える。だがシーズンが始まる前は、こうではなかった。いまとなってはお笑い種《ぐさ》だが、当時の専門家の下馬評によると、阪神は広島の三連覇を阻む対抗馬の一番手と目されていたのだ。

ところが蓋を開けてみると、期待された若手が意外なほどの伸び悩み。おまけに大金を投じて獲得した新外国人ロサリオが、まったく活躍できず一軍と二軍をウロウロ。結果、打線がまるで機能せず、チームの本塁打数はリーグ最低。投手陣のほうでも若きエース藤浪《ふじなみ》が制球難を克服できず、大きく期待を裏切った。ベンチに座る金本《かねもと》監督の顔は夏の猛暑とともに険しくなり、そして秋風とともにスーッと無表情になっていった。その心情は、もはや怒りを通り越して諦めの境地かと思われる。

事実、目の前のテレビが映し出す金本監督の顔は、まるで地蔵のようだ。俺は右手を画面に向けながらいった。

「見なよ、叔父さん、あの金本の顔を。あれが逆転Aクラスって顔かい？」

「なーに、プレーするのは監督じゃなくて選手だ。《未完の大器》大山《おおやま》が覚醒し、《悩めるエース》藤浪の制球が定まり、《連続試合出場記録が途切れたベテラン》鳥谷が全盛期の力を発揮し、そして《シーズン当初はバースの再来と呼ばれた》ロサリオが爆発すれば……」

「なんか、どれもこれもキャッチフレーズが哀《かな》しすぎるなあ……」

「まあ、そんなふうだから、いまの順位にいるわけだが。――そんなことより、おい」叔父は俺を横目で見やりながら聞いてきた。「おまえ、右手に何を持ってるんだ？」

「え!?　何って……」俺は自分の右手を眺めて、思わずギョッとなった。背中に回していたはずの右手が、いまは真っ直ぐテレビの方向を指差している。いや、正確にいうなら、俺は右手に持ったナイフでもって、堂々とテレビ画面の映し出す金本監督の姿を示しているのだ。

――シマッタ、今年の阪神の体たらくが愉快すぎて、ついつい気が緩んじまった！

だが、こうなった以上、もう後戻りはできない。もとより叔父を殺害するために持ち込んだ凶器だ。俺はあらためてナイフの柄を強く握りなおした。「悪いが死んでもらうぜ、叔父貴！」

「くそッ、まさかと思ったが……さては遺産目当てか……それとも保険金狙い……」

「もちろん、その両方だ！」

ひと声叫んだ俺は、寝間着姿の叔父へと身体ごとぶつかっていった――

ソファの上には男性の死体が横たわっている。白髪頭の初老の男性だ。その姿を横目で見やりながら、若い男性刑事が手帳を片手に報告した。「被害者は村山虎吉さん、六十六歳。元は区役所に勤務する公務員で、引退後は退職金と年金でもって悠々自適の暮らしぶりだったようです。三年前、奥さんに先立たれて以降は、この家でひとり暮らしを送っていました。ちなみに名前のとおり熱狂的な阪神ファンだった模様です」

最後の情報、捜査に必要かしら――男性刑事の話を聞きながら、つばめは思わず首を傾げた。それに『名前のとおり阪神ファン』という言い方も微妙に気になるところだ。その理屈からすると、『神宮寺つばめ』という名を持つ自分は、筋金入りのヤクルトファン以外の何者でもないということになりそうだが――それって絶対おかしいでしょ！

そんな不満を覚えるつばめの隣には、背広姿の中年男性の姿。彼こそは上司であり父親であり、そして何より彼女のことを『つばめ』と名付けた張本人、神宮寺勝男警部である。

勝男は男性刑事の報告を聞き、重々しく頷いた。「うむ、やはり被害者は阪神ファンか。私も現場に足を踏み入れた瞬間から、そのことに気付いていたよ」

そういう勝男の視線は、壁に掛けられた『２０１８年阪神タイガース公式カレンダー』に真っ直ぐ注がれている。そういえば、父の書斎には同様に『ヤクルトスワローズ公式カレンダー』が飾られていることを、つばめは思い出した。そう、筋金入りのヤクルトファンであるのは、この父親のほうなのだ。だから娘の名前が『つばめ』なのだ。しかし父と違って、つばめは特別な野球ファンでも熱烈な燕党でもない。黒いパンツスーツに身を包み、警視庁捜査一課で日夜激務に励む、ごくごく普通の若手女性刑事である。

そんな彼女が事件発生の報《しら》せを受けたのは、九月二十一日金曜日の夜。時計の針が十時を過ぎたころだった。さっそく彼女はパトカーに乗り込み現場に急行した。場所は渋谷区千駄ヶ谷。神宮球場から歩ける距離にある住宅街だ。その一角に建つ二階建ての民家。その一階リビングが、今回の凶行の舞台だった。

つばめは父親とともに、あらためて目の前の死体を観察した。被害者の背中からは、刃物の柄と思しきものが木の枝のごとく生えている。どうやら、この一突きが致命傷だったようだ。他に外傷らしきものは見当たらなかった。つばめは死体を指差していった。

「見て、お父さ……いえ、警部」自らの失言を慌てて誤魔化したつばめは、あらためて被害者の服装を示しながら、「見てください。この被害者は寝間着を着ています」

「うむ、やはり阪神ファンだけあって、寝間着の柄も縦縞だな」

「んなことは、どーだっていいです」――ていうか男性用の寝間着の柄なんて、だいたい縦縞か格子柄でしょ！　つばめは小さく鼻を鳴らして自説を語った。「被害者はこの恰好で犯人と対面した。ということは被害者にとって犯人は、それほど気を遣わなくても構わない人物。すなわち身内の犯行というふうに考えられませんか？」

だが勝男は首を左右に振って、娘の考えを一蹴した。「いや、そう決め付けることはできないだろ。この私だって『つば九郎Tシャツ』を着て、大事な人と会うことは稀《まれ》にある」

――稀にでも、あっちゃ駄目でしょ、お父さん！　せめて普通のTシャツにして！

心の中で悲痛な叫びをあげる娘をよそに、勝男は真面目な顔で提案した。

「とりあえず第一発見者に話を聞いてみようじゃないか。それで何か判るかもしれん」

こうして、二人はリビングを出ると、別室にて第一発見者と面談した。

相手は年のころ五十代と思しき中年女性だ。名前を問うと、青ざめた顔の彼女は、

「山森洋子《やまもりようこ》と申します。虎吉さんとは、そのうち入籍する予定でおりました」

と意外な答え。神宮寺親娘は思わず顔を見合わせた。

「では、婚約者ということですね」勝男は念を押して、さらに尋ねた。「そのあなたが村山さんの遺体を発見した。そうなった経緯をご説明いただけますか」

「はい。実は私は犯行のあった時刻に、この家におりました。虎吉さんが体調を崩したため、数日前から私が泊り込みで身の回りの世話をしていたのです」

山森洋子の話は、刑事たちの予想を超える意外なものだった。

「虎吉さんの生きている姿を最後に見たのは、今日の夕方のことでした。彼は寝間着姿のままリビングのソファに座りながら、テレビの野球中継を食い入るように見詰めていました。買い物から帰ってきた私が、すぐに夕飯の用意をしようと思ってキッチンに立とうとすると、彼は『いまは食欲がない。晩飯は試合を見終わってからでいい』といいます。そういう間も、彼の視線はテ

レビの野球中継に注がれていました。――え、対戦カードですか？　もちろん阪神戦です。相手は赤いユニフォームでしたから広島でしょう。雨が降っているようでした。試合はまだ始まったばかりで一回の表、阪神の攻撃中。時計の針は午後六時を少し過ぎたころだったと思います」

通常のナイトゲームだと試合開始は午後六時だ。山森洋子の話に矛盾はない。

「それで、あなたはどうされましたか」

「しばらくは彼の隣に座り、ボンヤリとテレビを眺めていました。けれど私はさほど野球に興味がありません。一回裏の広島の攻撃の最中に、私は『ちょっと二階で休むわね』と彼にいいました。少し疲れを覚えたからです。そのときも彼は『ああ、いいよ』といいながら、野球の試合に釘付《くぎづ》けでした。私はひとりで二階に上がりました。ええ、いまは二階の一室が私の部屋になっているのです。私はベッドにゴロンと横になりました。すると、ついついそのままウトウトしてしまって……ハッと目覚めたときは、窓の外はもう暗くなっていました。そのとき、ふと私は気付いたんです、階下で何やら男二人の声がすることに。私は、『誰かきているのかしら……』と思って、慌ててベッドから降りました。すると、しばらくして今度は玄関が開かれるような音が響いてきました。とっさに私は窓辺に駆け寄って、玄関先を見下ろしました」

「何が見えましたか」

「男が玄関から出ていく様子が見えました。玄関先には明かりがありますので、一瞬ですけど、その姿はハッキリと確認できました。スーツ姿の男でした。もっとも二階から見下ろす恰好だったため、男の顔までは判りません。太っても痩せてもいない体形でした。男は門を出ると、そのまま駅の方角へと立ち去っていきました」

「犯人だ。間違いない！」勝男は興奮を露にしながら、山森洋子に顔を寄せた。「あなたは男の姿を見た後、どうしましたか」

「そのときの私は一階で何が起こっているのか、知る由もありません。とにかく階段を下りていって、虎吉さんの名前を呼びながらリビングの扉を開けました」

「そのときのリビングの様子を詳しく」

「ええ、まずソファの上に虎吉さんが横たわっているのが見えました。胸から下は薄手の毛布が掛かっています。テレビでは相変わらず野球中継が流れています。彼は目を瞑《つぶ》ったまま、顔はテレビのほうを向いていました。その姿は正直、テレビを見ながらウトウトしているようにしか映りませんでした。そこで私は『さっき出ていった男の人、誰です？』と尋ねてみましたが、返事はありません。私はテレビの音がうるさいと感じて、とりあえずリモコンを手に取ってテレビを消しました。それから、あらためて横になっている彼に歩み寄り、その身体に触れたのです。……ええ、肌のぬくもりは感じられました。しかし揺すっても話しかけても、まるで反応がありません。さすがに変だと感じた私は、彼の身体を覆う毛布を恐る恐る取り除きました。瞬間、目に飛び込んできたのは背中に突き刺さったナイフです。傷口からは赤い血が流れています。私は悲鳴をあげて飛び退《の》きました。虎吉さんは刺されて死んでいる。直感でそう感じました。そしてパニックに陥った私は……」

「ふむ、パニックに陥ったあなたは……どうしたのです？」

「お恥ずかしいことに、その場で気を失ってしまいました」申し訳なさそうに、山森洋子は顔を伏せた。「目覚めたときは、時計の針はもう午後十時に差しかかるころでした。そこで私は遅ればせながら、救急車と警察を呼んだのでした」

しかし駆けつけた救急隊員は、被害者の死亡を確認しただけだった。おそらく山森洋子が気を失うことなく発見直後に通報していたとしても、やはり結果は同じだったろう。背中の傷は深く、被害者はほぼ即死だったものと思われる。

「なるほど、そういうことでしたか」と頷いた勝男は重大な点を確認した。「山森さん、おそらく、あなたは村山さんが刺された直後、逃げる犯人と入れ違いになる恰好でリビングに足を踏み入れたのでしょう。だから村山さんの身体には、まだぬくもりがあった。とすると問題になるのは、その時刻なのですが、あなたはそのとき時計を見ましたか？」

「いいえ、時計を見る間もなく気を失ってしまいましたから……」

「そうですか。それは残念ですな」勝男は落胆の表情を浮かべた。「時計を見ていれば、正確な犯行時刻が判ったはずなのですが」

だが、そのときつばめの頭に閃《ひらめ》くものがあった。つばめは期待を込めて尋ねた。

「山森さん、あなたは気絶する少し前にテレビを消したんですよね。そのテレビは広島対阪神の試合を中継していた。では、あなたがテレビを消そうとするとき、試合は何イニングス目でしたか。野球中継の画面の隅っこに、そういう表示があると思うのですが」

「おおッ、なるほど！　試合経過を見れば、おおよその時刻が判るってわけだな」勝男は娘の優れた閃きに対して、手放しの賛辞を送った。「偉いぞ、つばめ、さすが我が娘！」

「やめてください、警部。捜査の現場で『娘』って呼ぶのは！」

つばめは父親に厳しく注意を与える。そして再び第一発見者に対して尋ねた。

「いかがでしょう、山森さん、記憶にありませんか？」

すると彼女はハッとした表情を浮かべながら、「ええ、そういわれて思い出しました。確かにテレビを消そうとするとき、私は試合がどこまで進んだのか少しだけ気になって、画面上の表示を見た記憶があります」

そして彼女は確信を持った口調でいった。

「そのとき試合はまだ三回の表、阪神の攻撃中でした。ええ、間違いありません」

3

事件の夜以降、捜査は休むことなく続けられた。やがて調べが進むにつれて、動機の面から捜査線上に浮上したのは篠原宗一《しのはらそういち》という人物の存在だった。

殺された村山虎吉に子供はいない。しかしすでに亡くなった姉には息子がひとりいた。それが篠原宗一だ。虎吉にとっては唯一の甥っ子であり、いちばん近い身内である。よって虎吉が死んだ場合、その遺産は篠原宗一が相続することになっていた。ところがそこに降って湧いたように現れたのが、虎吉の再婚話だ。彼が山森洋子と婚姻関係を結べば、当然ながら第一の相続人は新しい妻ということになる。逆に甥っ子は、虎吉が遺言状で妻に全額相続させると明記すれば、何も貰えなくなる危険まであるというわけだ――「だから、そうなる前に甥っ子は村山さんを殺害した。それに彼が死ねば保険金だって、その甥っ子の手に入るというじゃないか。殺害の動機としては充分過ぎるものだ」

警視庁捜査一課の、いわゆるデカ部屋にて、ワイシャツ姿の勝男は余裕の笑みを浮かべながら、「ふふん、どうやら今回の『トラキチ殺害事件』、意外と簡単にケリがつきそうだぞ」

といって今後への期待を膨らませた。ちなみに『トラキチ殺害事件』というのは、被害者の名前である『虎吉』と熱狂的阪神ファンを意味する『虎キチ』を掛けて、勝男自身が勝手に付けた名前だ。もっとも、他の捜査員は普通に『村山さん殺害事件』と呼んでいるようなのだが、それはともかく――

「ええ、確かに篠原宗一は疑わしいですね」その点は、つばめも頷くしかなかった。

ちなみに、つばめたちは問題の甥っ子に、事件の夜の現場ですでに顔を合わせている。取り乱した様子を見せつつ村山邸に駆けつけた篠原宗一は、年齢三十七歳。職業は市ケ谷《いちがや》にある食品加工会社の営業マンということだった。そのときの彼は、いかにも自宅から駆けつけたらしく半袖のポロシャツにジーンズ姿だったが、職場では当然スーツを着用しているだろう。しかも山森洋子の証言にあった『太ってても痩せてもいない体形』に合致する身体つきだ。当時は彼のことを、あくまで身内の死に慌てふためく遺族としか見ていなかったが、いまとなっては充分に容疑者としての資格を備えた人物だと思える。

「ですが予断は禁物ですよ、警部」つばめは予断を持ちやすい上司を、ひとりの慎重な部下として諫《いさ》めた。「いくら怪しくても、動機だけで犯人と決め付けることはできません」

「もちろん、そうだとも。だが我々は、ひとつ有力な情報を持っている。例の山森洋子の証言だ。彼女の話によると、犯人らしき男が現場から逃走した直後、テレビでは阪神が広島を相手に三回表の攻撃中だった。となると九月二十一日の阪神戦が、どういう試合だったか、それが問題になるわけだが——」

勝男は愛用するスマートフォンの画面を眺めながら説明した。

「試合がおこなわれたのはマツダスタジアムだ。天候は雨模様だったようだが、試合は予定どおり午後六時にプレイボールがかかっている。結果は広島が7－3で逆転勝利。試合時間は三時間四十五分だから、少し長めだな。この試合でタイガース糸井《いとい》の通算1500安打が達成されたらしい……ほう、なになに、カープ新井さんの三塁打という珍プレーもあったのか……」

「珍プレーって呼んじゃ失礼でしょ！　四十一歳の新井さんだって、たまには三塁打を打つことぐらいあるわよ」と、つばめは思わず娘の口調になって父親にツッコミを入れた。

広島の『新井さん』こと新井貴浩は、すでに今季限りでの引退を発表している。その引退会見を眺めながら、多くの広島ファンは新井貴浩のカープ一筋二十年にも及ぶプロ野球人生に思いを馳《は》せ、そして次の瞬間には『いや、待てよ。そういや新井さんって、カープ一筋ってわけでもなかったよな……』と、あらためて封印された過去の記憶にも思いを馳せたのだった。そんな新井さんの、ひょっとすると現役最後かもしれない三塁打に、球場を埋めたカープファンは大いに沸いたことだろうが――「そんなことより警部、阪神の三回表の攻撃はどうだったのですか？」

「うむ、そうだったな。この試合、阪神は０－０で迎えた三回の表に一挙3点を取っている。山森洋子がテレビで見たのは、この場面だな。では三回表の阪神の攻撃は何時から始まって何時まで続いたのか。新聞社や放送局に問い合わせて確認したところ、午後六時三十五分から六時五十五分まで、という答えだった」

勝男はスマホを仕舞いながら話を続けた。

「まあ、通常のゲーム進行なら、どの試合も序盤は似たり寄ったりだ。六時に始まった試合で０－０なら、三回表を迎えたところで六時半を少し回ったぐらい。そこから阪神が3点を取ったとして、攻撃終了は午後七時の少し前。ごくごく普通の試合展開だろうな」

「そのようですね」父親の言葉に、つばめも納得せざるを得なかった。「では、犯人が現場から逃走した時刻は、午後六時三十五分から五十五分までの二十分程度。実際に犯行がおこなわれた時刻も、そのぐらいの時間帯と見ていい。そういうことですね」

「そうだな。大雑把にいうなら午後六時半から七時までの三十分間。それが犯行時刻と推定されるだろう。ならば話は簡単。まず我々がやるべきは、篠原宗一と再び会って、事件のあった夕刻における彼の行動を確認すること。すべてはそれからだ」ひとり勝手に捜査方針を固めた勝男は、脱いでいた背広の上着を摑《つか》みながら、「よーし、いくぞ、つばめ！」

「あ、待ってよ、お父さ――いえ、警部！」つばめは慌てて父親の背中を追いかける。

こうして警視庁が誇る《親子鷹》ならぬ《親娘燕》は、まさにピューッと宙を舞うツバメのような勢いで、デカ部屋を飛び出していったのだった。

そうして神宮寺親娘が向かったのは、事件の起きた千駄ヶ谷から総武線《そうぶ》で三つ目の駅、市ケ谷だった。独身の篠原宗一は勤務先から徒歩数分のアパートで、ひとり暮らしをしているのだ。幸い今日は日曜日なので彼の勤める食品加工会社も休日。明るいうちでも宗一が自宅にいる可能性は高い。

さっそくつばめたちは彼の住むアパートの一室を訪ねた。

玄関の呼び鈴を鳴らすと、案の定、部屋の主は在宅中だった。現れたのは真面目そうな風貌の男性だ。篠原宗一に間違いなかった。彼は刑事たちの突然の訪問に違和感を覚えたのか、怪訝そうな表情。とりあえずといった様子で、つばめたちを中に通すと、

「いったい何でしょう、僕に聞きたいことというのは？」

といって不安げな顔を刑事たちへと向ける。そんな彼に勝男は、いきなり尋ねた。

「九月二十一日の午後六時半から七時までの間、あなたはどこで何をしていましたか？」

――何なの、お父さん、その質問の仕方！　あんまり唐突すぎるでしょ！

「え、九月二十一日の午後六時半から七時？　だったら僕はまだ会社にいましたよ」

――この人も、なに普通に答えてんのよ！　なんか逆に怪しいわね！

通常アリバイを尋ねられた人物は、自分が容疑者扱いされていると感じて、驚くなり立腹するなりと様々なリアクションを示すものだ。彼のように平然と受け答えするケースは珍しい。

どうやら篠原宗一という男、まるで物怖《ものお》じしないタイプらしい。そのことに、つばめは漠然とした恐怖を覚える。その隣で勝男は早々と渋面を浮かべながら質問を絞り出した。

「会社にいた？　そのことを証明する人が、誰かいますか」

「ええ、もちろん。職場の同僚たちが全員、証人になってくれるはずですよ」

篠原の話し振りは、『なぜ、そんな判りきったこと聞くの？』といった調子である。

「そ、そうですか」アテが外れた勝男は額に汗を滲《にじ》ませながら、「では、ちなみにお聞きしますが、あなたが仕事を終えて市ヶ谷の会社を出たのは何時ごろのことでしょうか」

「それは午後七時半ごろのことです。それが、どうかしましたか」

「いや、どうかしたというわけではありませんが……そうですか、七時半ですか……うーん、七時半だと阪神の攻撃は、さすがにもう終わってるんですよねえ……三回の表だけで一時間近く攻撃して一挙15点を挙げた、とかいうのなら話は別なんですが……」

「いったい何の話をしているんですか、刑事さん！」と篠原が声を荒らげる。

「いや、何の話って、それはこっちの話でして……」勝男はしどろもどろだ。

父親がいったい何の話をしているのか判るだけに、娘としては辛《つら》いところだった。いまのところ篠原の主張するアリバイは完璧なものと思える。もちろん裏を取るまでは何ともいえないが、まず嘘や勘違いではあるまい。つばめはチラリと横目で勝男の姿を見やりながら、『もう諦めたら、お父さん？』と撤退のサインを送る。だが往生際の悪いことでは、ここ三年ほど猛威を振るう《逆転のカープ》にも引けを取らない勝男のことだ。なおも彼は質問を続けた。

「では篠原さん、会社を出た午後七時半以降、あなたはどこで何を？」

「え、ご、午後七時半以降ですか……いや、それはよく覚えていませんが……ええっと、そうですね、真っ直ぐアパートの部屋に戻ったと思いますよ。いや、もちろん独身のひとり暮らしですから、誰かが証明してくれるわけではありませんけどね……」

と、今度はなんだか篠原のほうが、しどろもどろ。先ほどまでの余裕が嘘のように、額に汗を浮かべている。これには質問をした当の勝男でさえ、呆気《あっけ》にとられた表情だ。

すると篠原は「もう、いいでしょう！」といって一方的に質問を打ち切った。「要するに事件が起こったのは、午後六時半から七時の間なんでしょう？　だったら僕のアリバイは完璧じゃありませんか。それ以上、この僕の何を疑うっていうんですか、刑事さん！」

まるで威圧するように気色ばむ篠原宗一。勝男は気圧《けお》されて何も言い返すことができない。だが篠原の強張《こわば》った表情を見るほどに、つばめの中では彼に対する疑念が、よりいっそう深まっていくのだった。

4

事件から一週間近く経過した、とある夕刻。神宮寺親娘は疲労感を滲ませながら千駄ヶ谷界隈《かいわい》を歩いていた。事件解決に向かうかと思われた捜査は、篠原宗一のアリバイが立証されて以降、むしろすっかり暗礁に乗り上げた恰好だった。無言のまま神宮外苑へ向けてトボトボと歩道を進む《親娘燕》。すると、そのとき――「おや、鳥谷だ」

呟くようにいって、いきなり勝男が前方を指差す。つばめは眉をひそめるようにして、父の指し示す方角を見やった。そこに見えるのはタイガースのベテラン遊撃手ではなくて、若い女性の後ろ姿だ。黄色いTシャツには背番号1と『TORITANI』の文字。ベリーショートの茶髪には虎の耳をかたどったカチューシャが飾られている。おそらく百メートル離れた場所からでもタイガースファンと判るファッションだ。

「だけど変だな。今日は神宮球場での試合はない。阪神なら甲子園でベイスターズと対戦するはずだが……」そう呟く勝男の頭には本日おこなわれるセ・リーグの対戦カードと予告先発がすべてインプットされているのだった。まったく、無駄なところにばかり能力を使う父である。

つばめは思わず「ハァ」と溜め息をつく。その前方で虎耳カチューシャの女性は、突然フッと掻《か》き消えるように姿を隠した。一瞬「あれ!?」と思ったが、何のことはない。女性は歩道沿いの店に入っていっただけだ。だが、そう思った次の瞬間、つばめはその店構えに見覚えがあることに気付いた。「なんだ、ここって『ホームラン・バー』じゃないの!」

確かに、そこは『ホームラン・バー』だった。といっても、《当たりが出たら、もう一本》でお馴染みのアイスバーのことではない。ここは酒を提供するほうのバー。野球ファンが夜な夜な集まっては熱い野球談義に華を咲かせる、いわゆるベースボール・バーなのだ。

ちなみに、つばめたちは過去に二度ほど、この店にお世話になったことがある。

正確にいうと店ではなくて、この店で偶然に出くわした赤い眼鏡のカープ女子にお世話になったことがあるのだ。

――そういえば過去二回は難事件の捜査が行き詰ったタイミングだったっけ。

と古い記憶を思い返すつばめの前で、勝男は迷うことなく店の玄関扉を開けた。

「しばらくぶりに入ってみようじゃないか。被害者は熱烈な阪神ファンだった。ひょっとすると、この店とも何か繋《つな》がりがあるかもしれない」

「そうね。可能性はあるかも……」僅かな希望を口にしつつ、つばめは店内へと足を踏み入れた。

まだ開店して間もない時間帯らしく、フロアは閑散としている。見回すと奥のカウンター席に、先ほどの虎耳カチューシャの女性の姿。クラシックなバーテンダーの装いできめたマスターが、ビールのグラスを彼女の前に差し出す。そしてマスターは、つばめたちの姿を目に留めるなり、

「いらっしゃいませ」と渋い低音を響かせた。つばめは申し訳ない気分になりながら、

「いえ、私たち、客ではなくて……」

「いや、客です、客！　客としてきました。我々、単なるヤクルトファンですから！」

そう言い張る勝男は、いつの間にやら背広の上にスワローズの応援用ユニフォームを羽織っている。彼の持ち歩く鞄《かばん》には、いついかなるときでもスワローズの応援に混ざれるようにと、応援グッズが常備されているのだ。そんな勝男の姿を目にした瞬間、マスターはピンときたらしい。

「やあ、いつぞやの刑事さんですね。その節は、どうも」

カウンターの向こうでマスターがペコリと頭を下げる。つばめは思わず苦笑いだ。

――お父さん、その恰好のほうが刑事だとバレやすいって、どういうこと？

一方、勝男は憮然《ぶぜん》とした表情だ。「バレてしまっては仕方がない」といって黄色いTシャツ女性の隣に堂々と腰を下ろす。つばめは父親の隣に座った。すると勝男が喋りだすより先に、阪神ファンの女性が口を開いた。

「ふうん、おじさん、刑事さんなんやね？」

「そ、そやで、わて警視庁捜査一課やねん——」

——なに、インチキ関西弁で調子合わせてんねん！　あんた、生まれも育ちも関東やろ！

つばめは心の中で父親に強めのツッコミを入れた。なぜか、彼女のツッコミも関西風だ。

勝男は標準語に戻って、隣に座る阪神ファンの女性——名前が判らないので、仮に《鳥谷さん》と呼ぶことにするが——彼女にいった。

「実は、この近所で事件があってね。とある阪神ファンが殺害されたんだが……」

「ああ、それやったら知っとるわ。村山虎吉さんやろ。ホンマ、可哀想《かわいそう》になぁ」

「え⁉　君は被害者と知り合いなのか」

「そや。虎吉さんとは、この店でちょいちょい顔合わせてたわ。あの人、この店の常連さんやったもん。——なあ、マスター？」

「ええ、そうでした」カウンターの向こうに立つマスターは、しんみりした口調で説明した。

「村山さんはたびたび、この店に顔を出しては、他のお客様と野球談義——というか、タイガース談義に華を咲かせていらっしゃいました。本当にお気の毒なことです」

「そうだったのか」と呟いた勝男は、あらためて《鳥谷さん》のほうを向いた。「では、ぜひ聞かせてもらいたい。生前の村山さんに対して恨みや憎しみを抱く人物などに、心当たりは？　ここ最近、村山さんと喧嘩《けんか》している者など、いなかっただろうか？」

「いや、おらんかったなあ。ここんところ最下位争いやから、どこのファンとも喧嘩にならへん。きっともう誰も眼中にないんやろなー」

それは村山虎吉の話ではなくて、阪神および阪神ファンの話では？　思わず眉をひそめるつばめをよそに、《鳥谷さん》はグラスのビールをグビリと飲んで、さらに続けた。

「実際、ええ人やったよ、虎吉さん。熱狂的に大騒ぎする阪神ファンやなくて、熱心やけどおとなしいタイプ――ちゅうか、たぶん、ちょっと心臓が弱かったんやろね」

「心臓が弱かった⁉」勝男は眉間に皺《しわ》を寄せながら、「それは心臓に持病があったという意味かね？　それとも最近の藤浪の制球が定まらないというのと似たような意味？」

「んー、どっちかというたら後者やろか」と《鳥谷さん》は残念そうにいった。「要するにメンタルの問題。虎吉さんって、名前は虎やけど、ハートはチキンやねん」

「なぜ、そう思うのかしら？」

つばめが口を挟むと、《鳥谷さん》はひとつのエピソードを語った。

「何週間か前のことやけど、虎吉さんとこのカウンター席で隣同士になったんよ。そこの大画面テレビでちょうど阪神戦やっとった。相手は巨人やったと思う。けどあの人、あんまりテレビ見んのよ。関係ないほうばっかり向いとる。それで虎吉さんにいうてやったんよ。『なんでテレビ見んの？　ちゃんと応援してやらなあかんやろ、ボケ』ってな」

「ふうん」――《鳥谷さん》、六十代男性に遠慮なさすぎ。「それで？」

「虎吉さん、『怖いから見てられん』っていうとった。『絶対負ける』ともな。それで私が腹立てながら『んなことないやろ！　たまーにマグレで勝つこともあるやん！』っていうたんやけど、それでもアカンかった。まあ、阪神の攻撃中はまだええんやけど、守っとるときはホンマ見てられんみたいやった。――なんで、あんなになったんやろな、あの人？」

この素朴な疑問に、カウンターの向こう側から渋い声が応えた。

「若い阪神ファンはご存じないかもしれませんが、かつての広島カープほどではないにしても、その昔、阪神タイガースにも優勝から見放され、《ダメ虎》だの何だのと散々に揶揄《やゆ》される暗黒時代がございました。村山さんは年季の入ったファンなので、そのころの弱い阪神のイメージを引きずっておられたのでしょう」

「うむ、そういえば確かにあったな」と頷いたのは、当時を知る勝男だ。「江夏や田淵といった主力選手が放出され、江本《えもと》が『ベンチがアホやから……』と首脳陣批判をやらかして退団し、シーズンオフには監督の首が面白いように飛ぶ――そんな愉快な時代だった」

「愉快だったたわけね？」

「まあ、他球団のファンから見れば、相当にな」

だが当の阪神ファンにしてみれば、堪《たま》らない時代だったことだろう。そんな時代から村山虎吉はタイガース一筋に声援を送っていたわけだ。負け犬根性が染み付くのも無理のないことかもしれない。つばめは納得する一方で不思議に思った。「だけど最近の阪神は、そこまで弱くはないんじゃないの？　何年か前には日本シリーズに出ていたし、昨年はセ・リーグで二位だった。今年だってシーズンが始まる前は優勝候補の一角と目されていたはずよ」

「だが蓋を開けてみればBクラスをウロウロ。下手《へた》すりゃ最下位だ」

「んなことあるかいな。まだ日本一の可能性も残っとるわ！」

と《鳥谷さん》は逆転でのクライマックスシリーズ進出に一縷《いちる》の望みをかけているようだが、そういう日本一決定システムってそもそもどうなのだろうか、とつばめは首を傾げざるを得ない。だが、いまは歪んだルールを正している場合ではなかった。「――ええっと、要するに何の話をしていたんだっけ？」

「江夏、田淵、それと江本の話だったはずだぞ」

ん、そうだったかしら――と思いっきり眉根を寄せるつばめ。すると、そのとき突然どこからともなく若い女性の声が答えた。「――いいえ、違いますわよ、警部さん！」

なにやら聞き覚えのある声、そして特徴的な口調。ハッとなって周囲を見回すと、カウンターから最も遠いテーブル席にもうひとりの客の姿があった。赤いフレームの眼鏡、赤いカチューシャ、そして赤いユニフォームを身に纏《まと》った、全体的に赤い色の女性だ。

その姿を認めるなり、「あッ、君は！」と勝男が声をあげる。

女性はテーブル席から立ち上がると、ゆっくりした足取りでカウンター席へと移動。つばめの隣に腰を据えると、妙に慣れた口調で注文した。「マスター、いつものやつ」

「畏《かしこ》まりました」マスターは恭しく頷き、よく磨かれたグラスを手にする。そこに注がれるのは琥珀《こはく》色のビールと真っ赤なトマトジュース。出来上がったのは泡立つ赤いカクテルだ。『レッド・アイ』でございます」

「ありがとう」カープレッドのユニフォームに身を包む彼女はグラスを手に取る。そして独り言を呟くように「天国に召された背番号3に感謝を込めて……」といって顔の高さにグラスを掲げた。そういえばカープの背番号3《鉄人》衣笠祥雄《きぬがささちお》が突然この世を去ったのは、今年のシーズンが始まって間もない四月のことだった。グラスの赤い液体をひと口飲んだカープ女子は、あらためて勝男へと視線を向けた。「どうやら、また何か難しい事件のようですわね、警部さん?」

「うッ……そういう君は『田中菊マル子』……で、いいんだよな、いまのところ?」

勝男が奥歯に物の引っ掛かったような物言いをするのには訳がある。そもそも、この風変わりなカープ女子は、初対面のときには『神津テル子』と名乗っていた。だが昨年に会ったときは『田中菊マル子』と名乗った。もちろんカープの主軸を成す、田中広輔、菊池涼介、丸佳浩という三人の活躍にちなんだ名前である。その三人は今年も変わらず活躍を続け、カープ三連覇の牽《けん》引役《いんやく》となっているのだが——どうやらトリオの中のひとり、丸が今年のシーズン終了後にはフリーエージェント宣言をして他球団、特にジャイアンツに移籍するらしい、という噂が野球好きの間で囁かれているのだ。だとするなら『田中菊マル子』という名前には、ひょっとすると《期限切れ》が迫っているのかもしれない。勝男が神経質になるのも無理はなかった。

だが、当のカープ女子は迷いのない口調で断言した。

「ええ、もちろん『田中菊マル子』ですとも。いまのところだけじゃありませんわよ。これからも、ずっとですわ。だって丸さまが移籍することなど、あり得ませんもの。ましてやジャイアンツ移籍など絶対にありません。かつて広島で本塁打王に輝き、あの球団にFA移籍した江藤智《えとうあきら》が、その後どのような扱いを受けたか。それを見れば丸さまの下す結論は、火を見るより明らかですわ。――ええ、移籍なんて絶対にありませんとも！」

断固主張するマル子の言葉は、まるで不安を抱く自分に言い聞かせるかのようだった。ちなみに丸佳浩がアッサリFA宣言して巨人移籍を発表するのは、この二ヶ月後のことである。

「まあ、そんな根も葉もない噂話はともかく」といってマル子は話題を戻した。「刑事さんたちは昨年や一昨年と同様、わたくしの知恵を借りたいと思って、ここにいらっしゃったのではありませんこと？　だったら、この場で相談に乗りますわよ」

「いや、べつにそういうつもりじゃなかったんだが……」と勝男は一瞬、微妙な表情を浮かべてから、「しかしまあ、せっかく会ったんだし、ちょっと話を聞いてもらうのもいいか……阪神ファンが殺害された事件なんだ。いかにも怪しい容疑者が浮上したんだが、その人物にはアリバイがあってだな。我々としても頭を悩ませて……ああ、ちょっと待ってくれよ」

唐突に会話を中断した勝男は、隣に座る《鳥谷さん》のほうに向きなおると、

「悪いが、君は耳を塞いでいてくれないか。これから極秘の話をするんでね」

「え、そうなん!?　判った。ほな、耳塞いどくわー」

そういって《鳥谷さん》は頭の上の虎耳を両手で塞ぐ。

「うむ、それでいい」と勝男は満足そうに頷いた。

――ん、それでいいの、お父さん？
キョトンとするつばめをよそに、勝男はマル子に対して事件の話を始めた。

5

そんなこんなで勝男は『トラキチ殺害事件』についての詳細を語った。つばめは隣で耳を傾けながら、父の話に間違いがないかをチェック。田中菊マル子は時折、相槌《あいづち》を打ちながら勝男の話を真剣に聞いている。マスターはカウンターの中で黙ってグラスを磨いている。《鳥谷さん》はピョンと立った虎の耳に、しっかり掌を当てていたから、きっと何も聞こえていないはずだ。

やがて勝男の話がひと通り済むと、マル子はなぜかニヤリとした表情。赤い眼鏡の奥では、二つの眸が愉悦に満ちた輝きを帯びている。口許からは「ふ、ふふふ……」と抑えきれない感情が声となって漏れる。それは徐々に明瞭な笑い声となり、ついには「あーッ、はッはッはッ！」という爆笑に変った。スツールから滑り落ちんばかりに身をよじるマル子。

勝男とつばめは呆気に取られながら顔を見合わせる。マスターは磨いていたグラスを落っことしそうになる。《鳥谷さん》は塞いでいた虎耳から両手を放してキョトンだ。つばめはマル子に責めるような視線を向けた。

「何がそんなにおかしいの？　これは真面目な事件なのよ」

「はッはッはッ……はッはッ……いや、わたくしとしたことが申し訳ありません。警部さんのお話が、あまりに面白かったものですから、わたくし、ついつい大笑いをしてしまいました。それにしても、実際あるものなのですねえ、このような愉快な勘違いが……」

「勘違いだって？」勝男はムッとした顔をマル子へと向けながら、「よく判らんな。我々が何を勘違いしているというのかね？」

マル子はようやく真顔になって説明を開始した。「よーくお考えください、警部さん。ヒントは、そちらの虎耳カチューシャ茶髪女の話の中にあったではありませんか」

「誰が『虎耳カチューシャ茶髪女』やねん！」と気色ばんだ声を張り上げたのは、もちろん《鳥谷さん》だ。「さっきの話が、どないかしたんかいな、この赤眼鏡！」

「まあ、誰が『赤眼鏡』ですって！」

「そっちが先にいうてきたんじゃ！」

黄色い虎と緋《ひ》色の鯉《こい》が刑事たちを挟んで睨み合う。一触即発の険悪な雰囲気が漂う中、つばめと勝男は「彼女の話にヒントなどあっただろうか……」「さあ、全然気付かなかったけど……」と顔を寄せ合い事件の話。だが結局、いくら考えてもピンとくるものがない。

つばめはアッサリと白旗を掲げた。「ねえ、何がヒントだったの？」

マル子は黄色い虎との睨みあいを一時中断して、つばめの質問に答えた。

「例の『虎吉さんは心臓が弱い』という点ですわ。虎吉さんはタイガースのファン。けれども、まともにその戦いぶりを見ていられない。試合を見たいけど見ていられないという、その複雑な心理は長年弱いカープを応援してきたわたくしにも、よく判りますわ」

「そうなのか？　長年強いヤクルトを応援してきた私には、よく理解できないが……」と勝男は首を捻るが、それはヤクルトが強かったわけではなくて、彼の心臓が桁外れに強かっただけだろう。なにしろ昨年のヤクルトなど《あと四つ負けていたらシーズン百敗》という悲惨な負けっぷりだったのだから。だが、そんなことはともかく――

つばめは話が逸れそうになるところを軌道修正した。「で、何がいいたいの、マル子さん？」

「おや、まだお気付きになりませんの？　矛盾しているではありませんか。虎吉さんは殺害される直前に自宅のテレビで阪神戦を見ていたのでしょう？　婚約者の山森洋子さんが買い物から戻ったとき、リビングのテレビはマツダスタジアムの広島対阪神の一戦を映し出していた。彼女は虎吉さんの傍で、しばらくその試合を見ていた。そのとき虎吉さんは試合の様子を『食い入るように見詰めて』いた。――そうですわよね？」

「ええ、確かに山森洋子さんは、そう話していたわ。――そうか、いわれてみれば少し変ね。この店でテレビを見ているときの村山さんと、自宅でテレビを見ているときの村山さんは、随分と印象が違うみたい。片や画面から目を逸らすようにしてチラ見する感じ。片や食い入るようにガン見する感じ。どうして、そうなるのかしら――ねえ、お父さん？」

「うむ、確かに奇妙なことだな。バーのテレビで見る阪神も自宅のテレビで見る阪神も、どっちみち弱いことに違いはないというのに……」

「こらこら刑事さん、『どっちみち弱い』って当たり前のようにいわんといて！」

と口を尖《とが》らせる《鳥谷さん》。そんな彼女に追い討ちをかけるようにマル子がいった。

「ええ、確かに今年の阪神は『どっちみち弱い』ですわ。けれども虎吉さんがバーで見る阪神と自宅で見る阪神との間には、明らかに違いがあったのですわ。だから彼は自宅のテレビでは阪神戦を食い入るように見ることができた。――ふふッ」再び堪えきれないように笑い声を漏らすと、マル子はキッパリとした口調でいった。「それは、そうでしょうとも！　だって彼が自宅のテレビで見る阪神は、《絶対に負けない阪神》だったのですから」

「な、なんだって、《絶対に負けない阪神》だと！」驚きのあまり勝男の声が裏返る。「そんな馬鹿な！　絶対に負けないどころか、最近の阪神は負けてばかり。現に事件の夜の試合だって、阪神は広島相手に7対3で逆転負けを喫して……って、え、待てよ。ひょっとして君がいっている《絶対に負けない阪神》というのは、まさか……」

「ええ、その『まさか』ですわ、警部さん」マル子はズバリと断言した。「それは《録画された勝ちゲームの阪神》です。すべての阪神戦を録画して、後で試合結果をチェックする。そして阪神が勝ったゲームのみを再生すれば、負けた試合を見ずに済む。虎吉さんは絶対に負けない強い強いタイガースの勇姿のみを、存分に楽しむことができるというわけですわ」

　マル子の意外すぎる言葉に『ホームラン・バー』の空気が凍りつく。その沈黙を破るように、つばめは至極まっとうな問いを口にした。「……そんなもの見て、楽しいの？」

　すでに結果の判ったプロ野球中継なんて、いったい誰が見るというのか。先の展開が読めないところに、スポーツ観戦の醍醐味《だいごみ》があるはず。そう信じるつばめにとって、マル子の語った話は到底理解できないものだった。ところが――

「録画でも結構楽しめるんと違う？」と口を挟んだのは被害者同様に阪神を愛する《鳥谷さん》だった。「そりゃあハラハラドキドキはせーへんやろけど、好きな選手のプレーを落ち着いて眺めることができる。心臓の弱い虎吉さんにはピッタリのテレビ観戦かもしれんよ」

「というよりも……」と今度はカウンター越しにマスターが口を挟んだ。「おそらく、あのお方の場合、そのような形でしかタイガースの試合が見られなかったのでございましょう。あまりにタイガースが好きすぎて……」

「そ、そうですか……」好きすぎるがゆえに、まともな形で楽しめないとは、なんという不条理だろうか。つばめの脳裏には《変態的》もしくは《倒錯的》という言葉が浮かんだが、それを口にすると大勢の人を敵に回す気がして、彼女は口を噤《つぐ》む。贔屓チームが人それぞれ異なるように、その応援スタイルも人それぞれなのだ。それより何より、大事なのは事件のことだ。

つばめはマル子に尋ねた。「あなたがいうとおり、事件の日に村山さんが見ていたテレビが生中継ではなく、録画されたものだとしたなら、それはいつの試合だったのかしら？」

「ええ、そこが問題ですわ。ここ最近の試合であることは間違いないでしょう。マツダスタジアムでおこなわれた広島対阪神の試合で天候は雨、そして何より阪神が勝利を収めた試合といえば、それはほとんどひとつしか考えられません。それは事件の前日、九月二十日におこなわれた、あの試合ですわ。あの試合で阪神は広島を相手に5－4で勝利を収めています。そう、虎吉さんが死の直前にテレビで見ていたのは、あの試合ですわ。もちろん山森洋子さんが気絶する直前に見たのも、同じくあの試合に間違いありません」

なぜかマル子は『あの試合』という言葉を連呼する。それを耳にするなり、勝男と《鳥谷さん》は、ほぼ同時に頷いた。

「なるほど、あの試合か……」

「おお、あの試合かいな……」

三人が口を揃える『あの試合』が、どの試合のことなのか、つばめにはよく判らない。

「要するに、村山さんは前日の阪神戦を見ていたってわけね。——でも待ってよ」

つばめは頭に浮かんだ疑問を口にした。「村山さんが見ていた試合が、二十一日の生中継だろうと二十日の録画分だろうと、たいした違いはないんじゃないの？　この前、お父さんもいっていたわよね。『どの試合も序盤は似たり寄ったりだ』って。山森洋子さんは犯行のあった直後にリビングに足を踏み入れた。そのときテレビの映像は、三回表の阪神の攻撃中だった。ならば、それはやっぱり午後六時半から七時ごろの出来事なんじゃないの？　だって村山さんは午後六時ごろから野球中継を見始めているわけだから」

「うむ、普通はそういう話になるんだが……」

「だったら、篠原宗一のアリバイが成立することに変りはないってことよね？」

「いや、ところがそうはならんのだ、つばめ」勝男は自分ほどには野球熱の高くない娘に、諭すような口調で説明した。「なぜかというと、九月二十日の広島対阪神の一戦というのは、球史に残るような大荒れのゲームだったからだ」

「大荒れって何よ。乱闘騒ぎでも起こったの？」

「いや、違う。大荒れだったのは天候とグラウンド状態だ。この試合は午後六時にプレイボールの予定が、雨のために開始が一時間以上も遅れて、実際に試合が始まったのは午後七時過ぎ。これだけでも相当に珍しいことだが、さらに試合は二回の裏、広島の攻撃が終わったところで再び雨のために中断。試合再開までには、また一時間以上を要した……」

「え？　え……なによ、それ……一時間以上も遅れて始まって、さらに一時間以上中断って……じゃあ三回の表、阪神の攻撃が始まったのは、いったい何時だったのよ？」

「それがなんと、午後九時過ぎだ！」

「はあ⁉　普通のナイターなら終わる時刻じゃないの。なんで中止にしなかったのよ⁉」

「ところが、そうはいかんねんなぁ！」と嘆きの声を発したのは《鳥谷さん》だった。「なんせ今年の阪神は雨にたたられることが多くて、試合の消化が極端に遅れとる。雨で中止になった試合はペナントレースの終わりのほうに組み込まれるけど、それも限界。現時点ですでに十四連戦が決定しとるんやから、もうこれ以上、阪神戦を中止にするわけにはいかん。雨が降ろうが槍《やり》が降ろうが、ズブ濡れの虎は走り続けるしかないんよ……」

「そ、そういう事情があったのね。——だけど、そんな酷い雨の中で試合を強行して、大丈夫なの？　万が一にも選手が大怪我《おおけが》したりしたら、どうするのよ？」

「ええ、そのとおりですわ。ほぼBクラス確定の阪神はともかく、我らがカープはリーグ三連覇を成し遂げた後にはクライマックスシリーズ、さらに日本シリーズを見据えているのですから、主力選手に怪我などあっては一大事。実際この試合、カープの選手は勝敗そっちのけで、とにかく怪我をしないことだけを考えてプレーしていたものと思われます。お陰で試合には負けましたが、幸いにも選手に怪我はなく、我々ファンもホッと胸を撫で下ろした。そんな試合でしたわ。ちなみにゲームセットは午前零時三分。すでに日付が変っておりました」

「……零時三分！」

なんという酷い試合だろうか。最後まで見届けたファンは無事に帰宅できたのだろうか。選手たちは翌日の試合（いや、すでに当日の試合というべきか？）において、まともにプレーできたのだろうか。気になる点は多々あったが、それらは事件とは関係のないことだ。

つばめは話を事件に戻した。「要するに問題なのは、山森洋子さんが阪神の三回表の攻撃を見たのは、何時なのかってことよね。いまの話からすると、それは午後九時過ぎってことかしら？」

「いえ、そうではないでしょう。虎吉さんは試合が始まる前の一時間ちょっとの映像は、早回しで飛ばしたに違いありません。見ても仕方ないですからね。そして午後六時ごろから一回表の阪神の攻撃を見はじめた。そこに買い物を終えた山森洋子さんが戻ってきた。一回裏の広島の攻撃までは、二人は同じテレビを見ていた。阪神ファンの虎吉さんは食い入るように、そして野球に興味のない洋子さんはボンヤリと……。虎吉さんは録画された前日の試合と知りながら、一方の洋子さんは今日の試合だと思いながら……」

「そっか。二人は同じテレビを見ながら、そこに違うものを見ていたってわけね」

「そうともいえるでしょうね」マル子は頷き、さらに先を続けた。「その後、洋子さんは二階の自室に引っ込んでいった。リビングでひとりになった虎吉さんが、その後どんなふうに録画された映像を見続けたのか、それは判りません。しかし仮に早回しも逆再生もせず、映像を見続けたとした場合、阪神の三回表の攻撃が始まる時刻は……」

「ふむ、午後八時ごろということになるな！」

勝男は嬉しそうにパチンと指を弾いた。「ならば、篠原宗一のアリバイは崩れる。彼は午後七時半までは、間違いなく市ヶ谷の会社にいた。だが会社を出て以降の足取りについては酷く曖昧だ。市ヶ谷から千駄ヶ谷の村山邸までは、三十分あれば充分に移動できる。彼にも午後八時の犯行は可能だ。――そうか、やはり篠原宗一が犯人だったんだな」

「まだ、決め付けるのは早すぎるわよ」――もう少し慎重になってよね、お父さん！

「いや、間違いない。犯人はそいつや」――あなたは関係ないでしょ、《鳥谷さん》！

事件解決の目処《めど》が立ち、前のめりになる勝男と《鳥谷さん》。そんな二人をなだめるように、つばめは冷静に事実を語った。「いまはまだ何も証拠はないのよ。動機があってアリバイがない。それだけじゃ容疑はかけられても逮捕はできないわ」

「うむ、確かに」勝男は腕を組むと、独り言のように呟いた。「では、篠原の犯行を証明するものが何かあるだろうか……現場には彼を犯人と示すものはなかった……ううむ」

「そうね……山森洋子さんは現場から逃走する男の姿を目撃しているけど、顔は見ていないようだし……ううん」

バーの止まり木に並んで座って頭を抱える《親娘燕》。そんな二人に向かって、赤い眼鏡のカープ女子は突然何を思ったのか、両手の人差し指をピンと伸ばす。そして、その指先で何もない空間に大きな長方形を描くポーズ。それを見て、刑事たちは一瞬キョトンだ。

「何よ、それ？」と呟いたつばめは、次の瞬間ハッとなった。今年のプロ野球の中でたびたび見られた、そのポーズの意味するところは――「あッ、リクエストね！」

「やっと判っていただけたようですわね」マル子はホッとしたような顔で頷いた。「ええ、そのとおり。わたくし、ビデオによる再判定を要求いたしますわ」

リクエスト制度。それは今年からプロ野球に導入された新ルールである。判定に不服がある場合、監督は審判に対してビデオによる再判定を要求できるのだ。「――でも、どういうことよ、警察に対してビデオ判定を要求するって？　ひょっとして防犯カメラのこと？　それなら、いわれるまでもないわ。現場付近のカメラはすべてチェック済みよ」

「ええ、もちろん、そうでしょうとも」マル子は余裕の笑みで頷いた。「山森洋子さんの証言を基にして、午後六時半から七時あたりを重点的に。そうではありませんこと？」

「………」なるほど、そういう先入観は捜査員たちの頭にあったかもしれない。

「ですが、いまとなれば実際の犯行時刻は、むしろ午後七時半以降から八時ごろである可能性が高い。だからこそ再判定が必要だと申し上げているのですわ。あらためてビデオを見返してみれば、それらしい人物の姿が確認できるかもしれませんわよ」

「なるほど、確かに君のいうとおりだ」深々と頷いたのは勝男だ。彼はスツールから飛び降りながら、「よーし、こうしちゃおれんな。――おい、つばめ、さっそく署に戻るぞ！」

言うが早いか、バーの玄関へ向かって一目散に駆け出す勝男。

そんな父の背中を慌てて追いかけながら、つばめは懸命に叫んだ。

「ちょっと待って、お父さん！　署に戻る前に、そのユニフォームを脱いでよね！」

6

この手で叔父を殺害して数日が経った。警察はいちおう俺のことを疑っているようだ。ただし疑っているだけで、まだ確証を摑《つか》みきれてはいない。それどころか、どうやら俺には完璧なアリバイがあるらしい。先日やってきた二人組の刑事たちは、まるで見当違いな時間帯について、俺を問い詰めていた。お陰で俺はその時間帯に会社にいたというアリバイを主張することができた。そして刑事たちは、すごすごと帰っていった。俺にとっては幸運な展開だったが、しかしなぜそんな話になったのだろうか。俺自身は、ただナイフで叔父を刺しただけ。その直後、二階に人の気配を感じたので慌てて逃げ出しただけなのだ。

「……べつにアリバイ工作なんて、何もやってないんだがな……」

薄暗いアパートの部屋で、ひとり俺は思考を巡らせる。すると、どうやら犯行の際、叔父が見ていたテレビがポイントだったのではないかと思えてきた。あのとき叔父が見ていた雨の中の阪神戦。あれはマツダスタジアムからの生中継ではなかったのだろう。おそらくは前日の試合を録画したものだ。前日の試合は歴史的な長時間ゲームだったから、その映像を時計代わりにすれば、一時間ぐらいの錯誤は起きても不思議はない。

「……いずれにしても事態は俺の有利な方向に転がっている……このまま、あの刑事たちが間違った犯行時刻を信じ込んでくれれば助かる……」

だが、そんなふうに思った直後、部屋の呼び鈴が乾いた音を奏でた。嫌な予感を覚えつつ、俺は玄関へと向かう。恐る恐るドアスコープから外を覗くと、案の定、玄関先に立つのは先日の中年刑事と若い女刑事だ。新たな証拠でも摑んだというのだろうか、レンズ越しに眺める二人は、先日とは異なり自信に満ち溢《あふ》れた表情。そんな二人の姿に、俺の身体が強張る。

するとは何を思ったのだろうか、男性刑事が両手の人差し指をピンと伸ばして、こちらに向ける。そして彼はドアスコープに向かって、指先で大きな長方形を描いた。

俺には何のことだか、サッパリ意味が判らなかった――

第4話　2019年

パットン見立て殺人

1

『皆さん、こんばんは。二〇一九年八月四日、日曜日の〈ベースボールニュース〉です。本日もプロ野球六試合の結果をフジよりも早く、どこよりも詳しくお送りいたします。それでは、さっそく参りましょう。まずはセ・リーグから。マツダスタジアムでおこなわれました広島対阪神の一戦です』

ソフトな語り口で人気の司会者、ササキさんの声が静まり返ったリビングに響く。テレビ画面に映るのは、某スポーツ系のCS放送。『ベースボールニュース』は、このチャンネルが誇る看板番組だ。かつて地上波のフジテレビで人気を博し、現在もフジテレビONEで放送中の『プロ野球ニュース』を一方的にライバル視していることは、ササキさんのフレーズに如実に現れている。事実、『ベースボールニュース』の放送開始時刻は『プロ野球ニュース』よりも五分早い午後十時五十五分。『フジよりも早く』の言葉に偽りはないというわけだ。

私は缶ビール片手にソファに座りながら、司会者のダンディなスーツ姿をボンヤリと眺めていた。知的かつ端整な風貌、スリムな体形とスマートな装い、そして穏やかな笑顔。その姿はいつしか『武田《たけだ》貿易』営業部所属、杉本敦也《すぎもとあつや》のそれと重なった。

私はササキさんの司会ぶりには好感を持つが、杉本敦也のことは嫌いだ。昔は好きだったが、いまは憎んでいるといっても過言ではない。

「杉本……あの男め、なんて邪魔な奴……」

開いた口から思わず呪詛《じゅそ》の言葉がこぼれ落ちる。缶ビールを握った手に力がこもり、ブルブルと震えを帯びた。杉本敦也は私にとって目の上のタンコブ。実に目障りな存在だ。その杉本が来月の組織変更で若くして営業部長に昇進を遂げるらしい。もちろん、こちらとしてはまったく納得できる話ではない。「――なぜ、あんな男が先に部長に！」

テレビ画面を見詰めながら、とうとう私は胸に秘めた邪悪な願望を口にした。

「くそおッ、ササキさん……いや、杉本敦也さえ消えてなくなれば！」

そうすれば私の人生は、きっとすべて上手くいく。そう、私は杉本を殺したいのだ。

「……でも殺すって、どうやって？」

下手な真似をすれば、警察の疑いの目は、たちまちこちら側に注がれるだろう。ただ単に殺しただけでは、捜査の網の目を掻いくぐることは不可能。何か上手いやり方が必要だ。例えば鉄壁のアリバイを用意するとか、そんな工夫があれば警察を欺けるのかもしれない。

缶ビールをひと口飲んで沈思黙考する私。その視線は相変わらず画面の中の『ベースボールニュース』に注がれている。だが番組の中身は、いっさい頭に入ってこない。

――あれ？　そういえば広島対阪神は、どっちが勝ったんだっけ？

どうやら殺人計画の立案とテレビ視聴は両立するものではないらしい。これではテレビを点《つ》けている意味がない。もういい、消してしまおう。そう思った私はリモコンを手にする。だがボタンに指を掛けた瞬間、画面の中のササキさんが微妙な表情を浮かべた。

『それでは次のゲームです。ええっと、横浜ＤｅＮＡ対巨人の一戦なのですが……実はその試合の前に、残念なニュースが飛び込んでまいりました……』

普段は滑らかな喋りが魅力のササキさんが、妙に歯切れの悪い口調になる。いったいどうしたのだろうか？　若干の興味を抱いた私は、リモコンを置いて再びテレビを注視する。画面の中のササキさんは戸惑った表情のまま続けた。

『……とりあえず映像をご覧いただきましょうか。実は昨日、八月三日の横浜スタジアムでの試合中、このような場面があったんですね……』

「あん？　ハマスタで乱闘事件でも起きたのかな？」

そんなことを呟く私の視線の先、映し出されたのは確かに横浜スタジアムのナイトゲーム。興奮した表情でマウンドを降りてくるのは、ベイスターズブルーのユニフォームに身を包む髭面の外国人選手だ。――ん、誰だっけ、このピッチャー？

確かに知っている顔だが、咄嗟に名前が出てこない。とにかくＤｅＮＡで活躍している白人の中継ぎ投手だ。怒りの形相でベンチに引き下がった彼は、悔しげにグラブを叩きつける仕草。するとその直後、いったい何を思ったのか、その外国人投手はベンチの片隅に置かれた四角い箱のような物体に向かう。そして突然、その四角い箱を自らの両の拳でもって連打、連打、連打！　まるでサンドバッグを叩くヘビー級ボクサーのように、猛烈なラッシュをお見舞いする。画面越しではよく判らないが、おそらくはブン殴られた衝撃でもって、箱の表面はデコボコに変形してしまったのではないか。そう思えるほどの凄《すさ》まじい光景だ。

　するとササキさんの声が事の真相を告げた。

『昨夜、八回のマウンドに上がったパットン投手は、結局1アウトも取れないまま2失点で降板。その直後、パットン投手は自分の不甲斐《ふがい》ないピッチングに腹を立てたんでしょうね。ご覧のようにベンチにあった冷蔵庫を両の拳で殴りまして……それでパットン投手は利き腕である右手を負傷。戦線離脱を余儀なくされて、本日、登録を抹消されました。巨人との間で熾烈《しれつ》な優勝争いを繰り広げるDeNAにとって、パットン投手の戦線離脱は大きな痛手……文字どおり〈痛めた手〉つまり〈痛手〉となったわけですが……ははッ……さて今回の一件、どう思われますか、解説のアリモトさん？』

『どうもこうもないですよ、喝ですよ、喝！　あんたの駄洒落《だじゃれ》も喝だ！　もっと真面目にやんなさい。何が〈痛めた手〉で〈痛手〉ですか。面白くもなんともないですよ！』

『す、すみません……』

『まあ、それはともかくね、投手にとって利き腕は商売道具なんですよ。それを自分で壊してしまうなんてねえ、そんなのプロ失格ですよ。同じ野球人として、私は恥ずかしいねえ。子供たちに見せられませんよ。だいいち冷蔵庫だって可哀想でしょう。冷蔵庫がパットンに何したっっていうんですか。――こんなの喝だ、喝！　冷蔵庫に謝んなさい！』

『え、冷蔵庫に、ですか⁉　ていうか、アリモトさん、さっきから〈喝だ、喝！〉って、なんか某番組の張本《はりもと》さんっぽくなってますが……』

『はあ、何いってんですか。私はハリさんじゃなくてアリさん。ハリさんとは違いますよ。そもそも私はね、大船渡《おおふなと》高校の佐々木朗希《ささきろうき》クンが地方大会の決勝戦で肩の疲労を考慮して登板を回避した、あの一件について、監督の決断を断固支持する立場ですからね。そりゃもうハリさんとは大違いですよ。――だけどパットンは喝だ、喝！　冷蔵庫が可哀想！」

番組のご意見番であるアリモトさんは、興奮冷めやらずといった表情。張本勲《いさお》氏から無断でパクった『喝！』を連呼する。その言葉を聞きながら、私は盛んに頷いた。

――そうだ、確かにパットンは馬鹿なことをした。大船渡高校野球部監督の決断は正しい。そして、もちろん冷蔵庫はいっさい何も悪くない。すべてアリさんのいうとおりだ！

「……にしても、そうか、あの四角い箱って冷蔵庫だったのか。いったい何をブン殴ってるのかと思ったけれど……やっぱり凄いな、プロ野球選手って……ん、待てよ！」

瞬間、脳裏に引っ掛かるものを感じた私は、ふと顎に手を当てた。

「冷蔵庫⁉　そうか、冷蔵庫か」――これは使えるかもしれない！

私は頭に浮かんだ閃きを手放すまいとして黙り込む。もはや二枚目司会者の軽快な喋りも、ご意見番の『喝！』も、私の耳にはいっさい入らないのだった。

2

東京都大田区《おおた》蒲田《かまた》にある廃工場。ガレージのごとき平屋建ての中は、すでに工作機械も取り払われて、コンクリートの床ばかりが広がる空間だ。その奥まった片隅に横たわるのは、三十代と思しき男性。白いワイシャツにグレーのスラックス。左手に巻かれた時計は、見栄えのする高級品だ。なかなかの二枚目顔だが、意思を持たない虚《うつ》ろな目は漠然と天井を向いている。男性はすでに絶命しているのだ。

傍らに立つパンツスーツの女性、神宮寺つばめは手帳を見やりながら上司に説明した。

「遺体発見は今朝の八時ごろ。付近をパトロール中だった巡査が第一発見者です。巡査は廃工場の入口の扉が開いていることに不審を抱いて、建物の中を調査。この場所で男性の遺体を発見するに至ったとのことです」

「遺体の身許《みもと》は判明しているのか？」

「被害者は財布や携帯の類を奪われていましたが、免許証が残されていました。それによると、亡くなった男性は杉本敦也氏、三十三歳。住所は大田区大森《おおもり》です」

「ふむ、この廃工場から、そう遠くないな。――で、死因は？」

「男性の首にはロープ状のもので絞められたような索状痕《さくじょうこん》が認められます。それから頭頂部には、何か平たい板状のもので複数回、殴打された傷跡も。ええ、間違いなく殺人です。犯人はまず男性の頭を平たい板状の凶器で殴打して昏倒《こんとう》させたのでしょう。それからロープか何かで首を絞めて殺害。その遺体をこの場所まで運んだものと思われます」

「ん、運んだ？　この場所が実際の犯行現場ではないということなのか、つばめ？」

「ええ、どうやら、そういうことみたいよ、お父さん」

「おいおい、『お父さん』はよせって、何度いえば判るんだ。勤務中だぞ！」

つばめの直属の上司、神宮寺勝男警部が慌てた口調で、彼女の失言をたしなめる。

「ああ、そうだった。いえ、そうでした」――だけど、そもそもお父さんが私のことを『つばめ』って呼ぶのが、いけないんじゃないの？　ここ、自宅のリビングじゃないのよ！

そんな不満を抱きつつ、つばめは表面上、畏《かしこ》まった態度を取り繕う。そして大きな声で「失礼いたしました、警部」と上司である父に対して謝罪の言葉を述べた。

神宮寺つばめと神宮寺勝男は、何を隠そう実の親娘。なおかつ二人揃って警視庁捜査一課に所属するという、世にも珍しい刑事親娘である。熱狂的スワローズファンである勝男は、そんな自分と娘の関係を《親子鷹》ならぬ《親娘燕》と称して、ひとり悦に入っているようだが、このワードはなんとも語呂が悪いので、たぶん勝男以外は誰も使っていないだろう。むしろ口の悪い同僚たちは、勝男とつばめのことを『トンビがつばめを生んだ』などと密かに揶揄しているようだ。もちろん根っからの燕党である勝男は、自分がトンビ扱いされることに、けっして納得しないだろうが、それはともかく――

「ほら、見てください、警部」死体が横たわるコンクリートの上を指差しながら、つばめは説明を加えた。「コンクリートの上には遺体を運んだ際に落ちたらしい血痕が、点々と見られます。おそらく犯人はどこか別の場所で杉本氏を殺害。その後、遺体をこの廃工場に運び込んだ。その際に遺体の頭部の傷から血が流れ落ちたのでしょう」

「ふむ、確かに遺体はコンクリートの上を引きずられたらしいな」被害者のスーツの背中が酷く汚れていることを確認してから、勝男は慎重にいった。「だが実際の犯行現場が、この廃工場ではないと決め付けることはできない。あたかも違う場所から運び込んだように見えて、実のところ、やはりこの廃工場で犯行はおこなわれたのかもだ」

「それを判りにくくするために、犯人はわざわざ遺体を動かしたのかもしれませんね」

「まあ、そういうことだ。――おや!?」死体を検《あらた》める勝男の視線が、ふと被害者の右手に留まる。勝男は同じく左手の様子も確認してから、不思議そうに口を開いた。「被害者の両手の甲に血が滲んでいるな。いったい、どういうことだ？」

「ええ、確かに。ひょっとして犯人と拳で殴りあった――とか？」

「いや、むしろ犯人が靴で踏みつけるなどして、わざと被害者の両手を傷つけたようにも見えるが……」呟くようにいった勝男はまた突然、話題を転じた。「ところで、つばめ、さっきから気になっていたんだが、これはいったい何だ？　被害者の持ち物か？」

そういって勝男が指で示したのは、綺麗《きれい》に畳まれた新聞だ。それは死体のすぐ傍に、これ見よがしに置いてある。勝男は手袋をした手でそれを拾い上げると、顔の前で広げて一面の記事を覗き込んだ。

「ふむ、新聞は新聞でも、これはスポーツ新聞だな。『多摩川《たまがわ》スポーツ』、通称『タマスポ』ってやつだ。ええと、なになに……《ラミレスDeNA、巨人を三タテ》《首位に0・5ゲーム差》《見えた逆転優勝》……ふははははッ、タマスポめ、テキトーな見出しを並べおって！　逆転優勝はベイスターズではなく、タイガースでもカープでもドラゴンズでもなくて、我らがスワローズのものだ。そうに決まっている！」

「……いやいや、それって無理でしょ……」

つばめには父親の謎の自信が、どこから沸いて出るのか不思議で仕方がない。なにしろ今期のヤクルトスワローズはチーム打率、チーム防御率、ともにリーグ最低。当然のごとくセ・リーグの最下位を独走中で、首位を走る巨人を逆転する目など、どこにも見当たらないのだ。

つばめは溜め息混じりにいった。

「その新聞が被害者の持ち物か、あるいは犯人の遺留品か、それは判りません。が、とにかく現場で見つけたスポーツ新聞をガッツリ読み込むのはやめてね、お父さん。――ほらほら、ヤクルト関連の記事を捜そうとしない。そんな記事、どうせ隅っこにしか載ってないんだから。――もう、そういうことは、現場じゃなくて自宅でやんなさいよ！」

「ああ、判ってる、判っているとも。――おまえも『お父さん』はやめろよな」

そういって勝男は手にしたタマスポを畳みなおす。そして、あらためて新聞の日付欄に目を落とすと、意外そうな表情を浮かべた。「なんだ、どうも変だと思ったが、この新聞は昨日今日のものじゃない。一週間も前の新聞だぞ」

新聞の日付は二〇一九年八月五日となっている。今日はすでに八月十二日。すでに世間はお盆休みモードの時期だ。つばめは父親から受け取った新聞を確認して首を傾げた。

「あら、ホントね。てっきり最近のものかと思ったけれど。——でも、なぜ一週間前の新聞が、こんな場所に？」

「さあ、ひょっとすると事件とは無関係なのかもしれんな。ただ単に新聞を持った誰かが一週間ほど前に、ここに放置していった。——むしろ、そういった可能性が高いかもだ」

「なるほど」と頷きつつも、つばめは父親の見解に同意しづらいものを感じた。

なぜなら彼女の手にする新聞は、確かに日付こそ古いが、紙も綺麗なままで埃《ほこり》も全然被っていない。まるで、つい先ほどまで誰かの自宅の新聞ストッカーの中に保存されていたかのような状態なのだ。これが廃工場のコンクリートの床の上で、一週間前から放置されていたものだとは、どうも考えにくい気がする。つばめは首を傾げながら、

「よく判らないけれど、とにかく鑑識に回して詳しく調べさせましょう」

「うむ、そうだな。指紋が出てくれれば、それが犯人に繋がるかもだ」

それから、なおも廃工場での捜査は続いたが、目を引くような新たな発見は得られない。

そこで神宮寺親娘は建物を出ると、揃って駐車中の覆面パトカーへと向かった。大森にあるという被害車の自宅を訪れるためだ。

だが車に乗り込む寸前、勝男は廃工場の屋根のあたりを一瞥《いちべつ》。そこに掲げられた古い看板の文字を声に出して読み上げると、いまさらのように、ひとつの疑問を口にした。

「ふむ、『浜精機《はませいき》』か。なぜ犯人は、この場所を選んだのかな?」

「そうねえ……でも、お父さん、ここは『浜精機』って名前じゃないわよ」

「はあ、何いってるんだ、つばめ!?」勝男は娘の『お父さん』呼びをたしなめるのも忘れて、前方を指差した。「看板にそう書いてあるじゃないか。ほら、『浜精機』って」

「確かにそう読めるけど、あれは最初の『横』っていう字が朽ち果てて剝落《はくらく》しているだけ。本来の名前は『横浜精機』だったそうよ。きっと本社が横浜にあったのね。もっとも、いまは会社自体、潰れてしまって跡形もないらしいけど」

「なんだ、そういうことか……」

つまらなそうに呟くと、ようやく勝男はドアを開けて車の助手席へと乗り込む。運転席でハンドルを握るのは、部下であるつばめの役目だ。さっそくアクセルを踏み込み、車をスタートさせる。《親娘燕》が乗るパトカーは、爆音を響かせながら大森駅方面を目指して疾走をはじめた。

3

杉本敦也の自宅はJR大森駅から西へ徒歩数分の住宅街にあり、その名を『西森《にしもり》アパート』というらしい。その建物を管理する初老の男性が、番号の書かれた合鍵を弄ぶようにしながら、神宮寺親娘を杉本敦也の部屋へと案内してくれた。昭和の古い団地を精一杯リフォームしたような三階建ての集合住宅だ。各フロアには鉄製の扉が四つずつ並んでいた。

「ええ、杉本さんはひとり暮らしですよ。部屋は一階の角部屋、一〇四号室。――ほら、ここです」といって、大家は建物の端にある扉の前に立つ。

つばめは僅かながら違和感を覚えて、大家に問い掛けた。「ん、一〇四号室!? 確か被害者の免許証に記載された住所では、一〇三号室とあったような気がするんですけど……」

「ああ、それは免許証の住所が古いんですよ。確かに杉本さんは最近まで一〇三号室にお住まいでした。ところが、この春に一〇四号室に住んでいた方が出ていかれましてね。それで、『どうせなら角部屋のほうがいいから、一〇四号室に移れないか』と相談があったんです。私としては費用さえ負担してもらえれば、べつに問題ないですから、『ええ、構いませんよ』と。それで杉本さんは、この角部屋に移られたんですよ。――それなのに移って数ヶ月で、こんなことになってしまうなんて、人生は判らないもんですなぁ」

しんみりした口調の大家が、悲しげに鼻を啜る。そこで気を回した勝男が、「生前の杉本氏とは親しかったのですか」と水を向けると、大家は突然キョトンとした顔で、「いいえ、数回会っただけですよ」と首を振って、刑事たちを拍子抜けさせる。勝男は語気を強めて、「じゃあ、さっさと部屋の扉を開けていただけますかな!」と一方的に命じた。

大家が合鍵で扉を開けると、神宮寺親娘はさっそく室内へと足を踏み入れていった。

リビングと寝室、そして広めのキッチン。独身男性がひとりで暮らすには充分すぎる間取りだ。リビングには大画面テレビやカウチソファ、ローテーブルや観葉植物などがゆとりを持って配置されている。勝男は室内の様子を眺め回しながら、

「ふーん、外観のわりに、まあまあ洒落た部屋だな」

「警部、『外観のわりに』は余計ですよ！」

そういって、つばめはリビングを横切ると、引き戸を開けて隣の寝室へ。部屋の半分ほどを大きなベッドが占めている。その脇に積み上げられているのは、数多くの段ボール箱だ。

「ふぅん、確かに数ヶ月前に引っ越したばかりって感じねえ。まだ開けてない段ボール箱が、こんなにたくさん……ん、ここは何かしら？」

呟きながら、寝室の奥にある扉を開けてみる。そこは備え付けのクローゼットだった。中を覗き込むと、いかにも会社員らしくスーツやワイシャツの類がハンガーに掛けられた状態で整然と並んでいる。するると、そんな中、「――あらッ、これは⁉」

どこか見覚えのある青い服を目に留めて、つばめは思わず眉根を寄せた。青は青でも、ただの青ではない。独特の光沢を放つ鮮やかなブルーだ。つばめはハンガーごと手前に引っ張り出して、その服を間近で眺めた。「やっぱり……思ったとおりだわ……」

呟きながら見回すと、棚の上には青い帽子まである。

「てことは、被害者は……」

だが、つばめの言葉を掻き消すかのごとく、そのとき突然――

「わ、わわッ！」

父親の素《す》っ頓狂《とんきょう》な叫び声が、いきなり響く。慌てて寝室を飛び出したつばめは、リビングに舞い戻って声の主を捜した。「ど、どうしたのよ、お父さん⁉」

勝男はリビングに隣接する広めのキッチンにいた。こちらに背中を向けながら、棒のように突っ立っている。つばめはホッと安堵《あんど》の息を吐くと、

「もう、何よ、お父さん？　ゴキブリでも出たの？」

そんな戯言《ざれごと》を口にしながら、自らもキッチンへと足を踏み入れていく。すると勝男は真っ直ぐ前を指差しながら、「そ、そんなんじゃない。見ろ、これを……」

「え、何よ？」つばめは父親の背中越しに、彼の指し示す物体を見やる。その口許から「むッ」という呻き声。視線の先に見えるのは一台の冷蔵庫だ。だが単なる冷蔵庫ではない。つばめは唖《あ》然《ぜん》となりながら、大きく口を開けた。「な、何なのよ、この冷蔵庫!?　扉の表面がブン殴られたみたいにデコボコになっているじゃないの……」

「ああ、だが、それだけじゃないぞ。よく見ろ。デコボコになった扉の表面には僅かながら血液らしいものが付着している。それに髪の毛も数本……」

確かに勝男のいうとおり。黒い髪の毛が赤い血のりと一緒になって、グレーの塗装を施されたスチール製の扉に、べったりとへばりついている。黒と赤とグレーのコントラストが、つばめの視覚に鮮烈な印象を残す。そして表面に凹凸が刻まれた冷蔵庫。それらのすべてが、ひとつの場面を連想させる。つばめは震える唇で自らの想像を語った。

「お父さん、これって、たぶん被害者の髪の毛と血液よね。ということは、杉本敦也氏は何者かの手によって、この冷蔵庫に頭を打ちつけられて……？　つまり、被害者を昏倒させるに至った《平たい板状の凶器》というのは、この冷蔵庫ってこと……？」

「うむ、そういうことだ。すなわち、このキッチンこそが真の犯行現場ということになるだろう……って、おい！」振り向いた勝男が突然、驚いたように目を見張る。そして娘の手許を指差して叫んだ、「何だ、つばめ、それは！」

「え、何って⁉　ああ、これのこと」つばめは思い出したように、青い服をハンガーごと顔の高さに掲げた。先ほどの父親の叫び声に驚くあまり、彼女はうっかりそれを持ったまま、キッチンへと駆けつけたのだ。「ほら、見てのとおり、ＤｅＮＡベイスターズのレプリカユニフォームよ。クローゼットの中で見つけたの。ベイの野球帽もあったわ。どうやら杉本氏はベイスターズファンだったらしいわね。――それが、どうかした？」

「な、なんだって⁉　被害者はベイスターズファン……ってことは、つまり横浜……おい、つばめ、杉本氏の遺体が発見されたのは、『横浜精機』の廃工場だったよな」

「ええ、それは私も気になったわ。何か意味があるのかしら。それとも単なる偶然？」

「うむ、それだけのことなら単なる偶然ということも、あり得るだろう。だが、このデコボコになった冷蔵庫。そして被害者の傷ついた両手。それから、そう、あのスポーツ新聞だ。あの新聞の日付は八月五日。つまり、いまから一週間前……ということは時期的にいって、たぶんアノ記事が載っているはず……ううむ、こりゃ間違いないな……」

「な、何よ、いったい？　何か思い当たる節でもあるっていうの？」

「ああ、これは偶然なんかじゃない。犯人の確かな意図がある。――これは見立てだ！」

「見立て⁉　え、それって、いわゆる見立て殺人ってこと⁉」つばめは思わず両目を見開きながら、「嘘でしょ⁉　信じられないわ。古いミステリ小説じゃあるまいに」

「おまえがそう思うのも無理はない。だが、これは事実だ」

「じゃあ聞くけど、杉本氏はいったい何に見立てて殺害されたわけ？」

つばめの問い掛けに、勝男は迷うことなく答えた。「――パットンだ」

「ぱっとん？　何よ、それ？」

「パットンだよ、スペンサー・パットン！　ベイスターズの中継ぎ投手だ！」

勝男は握った拳をブンブン振って興奮を露にする。そして宣言するようにいった。

「もはや間違いない。杉本敦也氏の遺体は、あの夜、あの試合のパットンに見立てられている。

そう、すなわちこれは『パットン見立て殺人』ってわけだ！」

4

【冷蔵庫をフルボッコ！　パットン右手負傷で登録抹消に！】

ＤｅＮＡの中継ぎ右腕スペンサー・パットン投手（31）は4日、登録を抹消された。同投手は前日3日の巨人戦（横浜スタジアム）にて8回に登板。1死も奪えずに2失点で降板すると、ベンチ内にあった冷蔵庫を拳で殴りつけて右手を負傷した。本人は大いに反省しているとのこと。この前代未聞の珍プレーには、ファンや有識者の間から「これで優勝が遠のいた」「あまりに軽率すぎる」「冷蔵庫が可哀想」などといった声が寄せられていた。

昨日から何度も目を通した記事。つばめはそれをスマートフォンの画面上で、あらためて読み返した。記事が掲載されたのは、八月五日付け『多摩川スポーツ』の二面の片隅。すなわち被害者の死体の傍らで見つかった例のスポーツ新聞だ。やはり勝男が指摘したとおり、あの新聞はこの『パットン冷蔵庫殴打事件』を伝えるため、犯人が敢えて残したものらしい。事実、鑑識に回された新聞からは、被害者の指紋はもちろん、他の誰の指紋も検出されなかった。犯人は慎重に指紋を拭き取った上で、それを現場に残したのだ。

ちなみに問題の記事だが、やはりつばめの目から見ても、その内容は今回の事件と符合する点が多いように思える。確かに父親がいったとおり、杉本敦也氏殺害は『パットン見立て殺人』と呼ぶべき事件なのかもしれない。

「——だけど、いったいなぜ?」停車中の覆面パトカーの車内。運転席に座るつばめは、スマホを仕舞いながら当然の疑問を口にした。「なぜ犯人は、杉本氏殺害をパットン投手の不祥事に見立てようと考えたのかしら。そこには何かしら意味があるはずよね?」

「そう、そこが判らん」助手席の父親は難しい顔で顎に手を当てた。「杉本氏がベイスターズファンだったからか? いや、しかし犯人が被害者の趣味に配慮するわけもないか。だったら、犯人のほうが熱狂的なベイファンだったとか……」

「うーん、どうも、しっくりこない説ねえ」

「そうだな。だが所詮、見立てというものは、捜査の目を真実から遠ざけるためにおこなうもの。

いわば煙幕だ。気にすれば気にするだけ、犯人側の思う壺《つぼ》。むしろ見立てなど無視して、地道な捜査で真相を明らかにするべきだろう。――よし、そろそろ、いくぞ」

勢いをつけるようにいって、勝男は助手席を飛び出す。つばめも運転席を降りて、父親の後に続いた。二人が向かった先は、被害者の住んでいたアパートからそう遠くない、大森の住宅街。そこに建つ二階建て住宅の前で、二人は揃って足を止めた。

門柱に掲げられた表札には、『辰巳《たつみ》』とある。つばめたちは辰巳恭介《きょうすけ》という男性に話を聞くため、彼の自宅を訪れたのだ。

捜査員たちの調べによると、辰巳恭介は被害者と同じく『武田貿易』の社員であり、現在は営業部にて課長を務めている。杉本敦也とは同期で、何かと比較されることの多い存在。すなわちライバル関係にあったと目される人物である。いまのところ捜査線上に浮上してきた容疑者は、この辰巳恭介が、ただひとりなのだった。

玄関の呼び鈴を鳴らすと、やがて扉が開かれる。現れたのは、三十代と思しき小柄でスリムな女性だ。恭介の妻、辰巳香織《かおり》であることは、こちらの調べですでに判っている。恭介と香織は結婚して三年の夫婦。子供はおらず、この家で二人暮しだ。

勝男は香織の眼前に警察手帳を示して来訪の意を伝えた。「辰巳恭介さんにお尋ねしたいことがあって参りました。ご主人はご在宅ですか。ご在宅ですね！」

「え、ええ、確かにお盆休みで、主人は在宅しておりますが……」

戸惑う奥方の背後から、そのとき男性の声。「ん、どうしたんだ、香織？」

「あッ、あなた、警察の方がいらっしゃって、あなたに聞きたいことがあると……」

香織の背後から姿を現したのは、髪の毛の若干乱れた眼鏡の男性。グレーのTシャツにハーフパンツという装いが、いかにも休日の会社員といった雰囲気だ。

彼は刑事たちの前に歩を進めると、

「殺された杉本の件ですね。そのうち、いらっしゃると思っていました。ここではナンですから、どうぞお上がりください。――ああ、香織、刑事さんたちを応接間にご案内して、それからお茶をお出しするように」

「ええ。――では、どうぞ」といって、奥方が刑事たち二人を招き入れる。

そうして通されたのは、床の間のある渋い和室だ。奥方が三人分の日本茶を差し出して、ひとり下がっていく。それを待ってから、辰巳恭介は自ら口を開いた。

「刑事さんたちが私のところにいらっしゃった理由は、だいたい想像がつきます。私と杉本との仲が耳に入ったのでしょう？　社内では、よく知られた話ですからね」

「ええ、熾烈なライバル関係だったとか。往年の江川《えがわ》・西本《にしもと》を髣髴《ほうふつ》とさせるような」

と勝男は両者の関係を、八〇年代を賑《にぎ》わせたジャイアンツのエース争いに喩《たと》える。だが、それを聞かされた辰巳は全然ピンとこない様子で、「はあ、どうでしょうね。正直いって、私は江川や西本の現役時代を知りませんから、その喩え話はよく判りませんが……」

「そうですか。判りませんか。ええっと、じゃあ、どういえばいいのかな……要するに雑草の中から這《は》い上がったのが西本聖《たかし》でして、一方の江川卓《すぐる》は甲子園を沸かせた大スターで……」

「お父さ……いえ、警部！」つばめは慌てて父親の無駄な喋りを遮った。「辰巳さんは江川や西本についての説明を求めているんじゃありませんよ！」

「ん、そうなのか!?」娘の言葉に勝男はハッとした表情。あらためて容疑者の男性に顔を向けると、「では辰巳さん、あなたはこの私に何を聞きたいのですかな？」

「あなたが私に聞くんでしょ！　だから、ここにきたんですよね、刑事さん！」

「やあ、そうでしたな」こりゃ一本取られたね――というように自分の額をペシッと掌で叩いてから、勝男はようやく本題に移った。「では単刀直入にお尋ねしましょう。辰巳恭介さん、あなたは一昨日、八月十一日の夜、どこで何をしていましたか？」

やれやれ――と、つばめは呆れた顔で首を左右に振った。杉本氏の死体が発見されたのは八月十二日の朝。だが、殺害されたのはその前夜であるということが、すでに判明している。正確には十一日の午後七時から九時までの二時間が、被害者の死亡推定時刻なのだ。――だからって、お父さん、その質問は単刀直入すぎるんじゃないの？

不安を抱くつばめだったが、意外にも辰巳は腹を立てる様子もなく涼しい顔。鼻先の眼鏡を指で押し上げると、勝男の無粋な問い掛けに澱みなく答えた。

「十一日といえば日曜日ですね。その日の夜ならば、私は同じ部署にいる長井修《ながいおさむ》という後輩と一緒でしたよ。横浜にいたんです。横浜スタジアムでナイター観戦ですよ」

「な、なにッ、横浜でナイター!?　てことは、もしかしてベイスターズ戦!?」

「ええ、もしかしなくてもベイスターズ戦ですよ。他にあり得ないでしょ？」

「そりゃそうですが……ちなみにその試合、何時から始まって何時に終わりました？」

「試合開始は普段どおり午後六時。終わったのは午後九時半過ぎですね。でも、それからスタジアムの近くの中華料理屋で飲み食いしていましたから、結局、午後十一時近くまで横浜にいましたね。大森に帰り着いたのは、もう日付が変わるころでしたっけ」

「………」辰巳恭介の語るアリバイに、たちまち勝男は沈黙した。

被害者の死亡推定時刻は午後七時から九時。だが、まさにその時間帯、辰巳は後輩と一緒に横浜スタジアムで野球観戦に興じていたというのだ。その言葉が事実ならば、彼が同じ夜に東京都大田区で杉本敦也を殺害するなどという芸当は、絶対に不可能ということになるだろう。

すっかり黙り込んだ父親に成り代わって、今度はつばめが質問を投げた。

「辰巳さんはベイスターズがお好きなのですか」

「野球は好きですが、特にＤｅＮＡのファンってわけではありません。むしろ長井修がベイのファンなんですよ。それで前々から一緒に試合を観《み》にいく約束をしていましてね」

「そうですか。でも、よく手に入りましたね、チケット」

「ええ、一ヶ月以上前に長井が確保してくれました。だから当日は雨が降らないことを願いましたよ。いまやハマスタのベイスターズ戦はプラチナチケットですからね」

「確かに、そうですね。最近では東京ドームの巨人戦より人気かも……」

「いやいや、神宮のヤクルト戦だって結構プラチナだぞ！」突然、妙なスイッチが入ったらしく、勝男が横から話に割って入る。「ベイやＧにだって全然負けてないからな！」

お父さん、うるさいわよ――つばめは強烈な睨みを利かせて父親のお喋りを封じる。そして別の角度から質問を放った。「辰巳さんは『横浜精機』という会社をご存じですか」

「いや、知りませんね」

「殺された杉本氏は、野球はお好きでしたか」

「ええ、二年ほど前からベイスターズのファンになったようですよ。いまでは会社の人間なら誰もが知るベイファンです。――それが、どうかしたんですか、刑事さん？」

「い、いいえ、べつに……」答えに詰まったつばめは、ついに容疑者の前で事件の鍵となる固有名詞を口にした。「ところで辰巳さん、あなたは……その……パ、パットン……」

「はあ⁉」

「あなたはパットン投手をご存じですか？」――ああ、我ながら、なんて馬鹿な質問！

すると聞かれた辰巳は当然ながら「え、ぱっとん⁉」と間抜けな反応。そして、すぐさま真顔に戻って頷いた。「ああ、パットンね。もちろん知ってますよ。DeNAの中継ぎ投手でしょ。でも、私が観にいった試合では出てこなかったですね。あの選手、接戦のときは必ずマウンドに上がる印象なのに、どうしたのかな？　ひょっとして怪我かな？」

そういって首を傾げる辰巳恭介。その態度が『パットン冷蔵庫殴打事件』を知らないがゆえのものなのか、それとも知らないフリなのか、つばめにはまるで判断がつかなかった。

5

港区《みなと》在住の会社員、長井修二十八歳に対して『折り入って、お話を伺いたいのですが……』と、つばめが電話で申し出たところ、彼はそれを快諾。向こうから面談の場所を指定してきた。それは神宮球場に程近く、つばめたちにとっても馴染みのバーだった。

そこは夜な夜な野球好きが集まっては、店内で流れるナイター中継に歓声と悲鳴をあげ、終わりなき野球談義に花を咲かせるディープスポット。その名も『ホームラン・バー』だ。

「ああ、今年もまた、この店を訪れることになるなんてね……」

「うむ、年に一度のペースで、ここにきている気がするな……」

店の玄関を前にしながら、神宮寺親娘は感慨深げな呟きを漏らした。

扉を開けて中へ足を踏み入れると、開店してすぐということで客の数は少ない。有名選手のポスターやサイン、各球団のユニフォームといった野球グッズに彩られた店内。そのフロアを、つばめは素早く見回す。すると片隅のテーブル席に男性の姿を発見。顔は見えないが、鮮やかなブルーのユニフォームと背中に記された『TSUTSUGOH』の文字、そして背番号25を見れば、それがベイスターズファン長井修であることは一目瞭然だった。

――でも、なんで警察と面談するのに、ベイのユニフォームを着てくるわけ？

意味が判らず首を傾げるつばめ。その隣では他球団のファンに対抗意識を燃やしたのだろう、勝男が自ら持参したスワローズの応援ユニフォームに、いそいそと袖を通している。

「こら、お父さんも、なに着替えてんの！　野球談義をしにきたんじゃないんだからね！」

「なーに、どうせ野球談義になるさ」娘の言葉など意に介さず、ユニフォーム姿となった勝男は背番号25の男性に呼び掛けた。「やあ、お待たせしました。筒香《つつごう》さんですね？」

「ええ、そうです」

「いやいや、違うでしょ？　あなたは筒香さんじゃなくて、長井さんですよね？」――って、もう、なんで私が訂正してやんなきゃいけないのよ！　ハマの長距離砲、筒香嘉智《よしとも》がこんな場所で明るいうちからビール飲んでるわけないじゃないの！

激しく苛立《いらだ》つつばめの前で、ベイスターズファンの男はニヤリと笑って頷いた。

「ええ、長井修です。電話を下さった刑事さんですね。――こちらの燕党の方は？」

「実は、こっちも刑事なんです。――すみませんね」

と、つばめは無意識のうちに謝罪。それから神宮寺親娘は長井修からの聞き取り調査に移行した。とはいえ、問いただしたい点は、ただひとつだ。つばめはズバリと尋ねた。

「長井さん、あなたは八月十一日の夜、辰巳恭介さんと一緒にいましたか？」

「ははあ、日曜の夜ですね。だったら確かに僕は辰巳先輩と一緒にいましたよ。横浜スタジアムでナイター観戦です。ええ、試合開始から試合終了まで、ずっと並んで座っていましたね。――刑事さん、ひょっとして辰巳先輩が杉本先輩のことを殺したんじゃないかって疑ってます？　だったら、それは絶対あり得ませんよ。この僕が証人ですから」

長井の話し振りは澱みがない。先輩を庇《かば》うために口裏を合わせているような気配は微塵《みじん》も見られなかった。辰巳恭介のアリバイがアッサリ成立してしまったので、つばめはもう聞くことがない。そこでユニフォーム姿の勝男が口を開いた。

「殺された杉本敦也氏は野球がお好きだったようですね？」

「ええ、杉本さんは僕と同様、ＤｅＮＡベイスターズのファンでした。会社でも有名でしたよ。もっとも、暗黒時代から応援している僕にいわせれば、杉本さんは近年ベイがまあまあ強くなってから応援を始めた、《にわかファン》ですがね」

と長井は胸を張って古参アピール。勝男は気の毒そうな顔で頷いた。

「そうですか。それは大変でしたね。なにせ横浜の暗黒時代は長くて暗かったですからなあ。広島の暗黒時代も酷かったが、横浜はそれ以上だったかもしれない」

「え、ええ……」長井は屈辱に顔を歪めると、「確かに、あの時代は大変でした。ですが、まさかスワローズのユニフォームを着た人から、そんなふうにいわれるとは思いませんでしたよ。まさに、いまこの瞬間、暗黒時代の入口に立っているヤクルトファンから同情されるとは……」

長井の言葉に勝男はムッと顔をしかめる。だが瞬時に、この話題は不利と悟ったのだろう。すぐさま真顔になって、質問を続けた。

「辰巳恭介さんは、特別好きな球団があるわけではないとおっしゃっていました」

「実際そうみたいですよ。ハマスタには僕のほうから誘ったんですから」

「では、辰巳恭介さんはベイスターズとは特に繋がりはない。ましてや『パットン冷蔵庫殴打事件』などとは、いっさい関係がない。そういうことですね？」

「はあ、パットン冷蔵庫殴打……ああ、あの暴挙、いや、あの愚挙のことですか。いやはや、申し訳ありません。ベイスターズファンのひとりとして、お恥ずかしい限りです」

「なーに、あなたが謝る必要はないでしょう。我々スワローズファンは、あの一件について、むしろ喜んでいるのですから。『ふふッ、これで今年のベイはBクラス……』ってね」

勝男が腹黒い笑みを浮かべると、テーブルの向こうで長井が片手を振った。

「いやいや、そんなことはありませんよ。そもそも最近のパットンは不安定な投球が続いていた。ファンの間では『もうパットンは使わないほうがいい』という意見も多かったんです。だから彼の戦線離脱は、騒がれているほどの《痛手》にはならない。それどころか、むしろ《怪我の功名》になるかもしれません。――ていうか、刑事さん、なんで急にパットンの話題が出てくるんですか。杉本先輩が殺された事件とは関係ないでしょ？」

「いや、それが実は関係ないこともない話でしてね」

「え、まさかパットンが容疑者……」

「いや、冷蔵庫が凶器でしてね……」

そういって勝男は事件の一端を彼に打ち明ける。意外な話に長井は「へえ」と声をあげて両腕を組んだ。「そうですか。杉本先輩は自宅の冷蔵庫に頭を打ちつけられて……ふうん、そうだったんですか……あん、冷蔵庫……ああッ、そういえば！」

突然、何事か思い出したように、長井が組んでいた腕を解く。つばめは一瞬、父親と顔を見合わせてから、彼に尋ねた。「どうしました、長井さん？　何か気付いたことでも？」

「いえね、冷蔵庫と聞いて、ちょっと面白いことを思い出したんですよ。まあ、殺人事件と関係があるかどうかは、よく判りませんがね」

「構いません。なんでもいいから、おっしゃってください」

「ええ。実は殺された杉本先輩って、辰巳先輩とまったく同じ機種の冷蔵庫を使っていたんですよ。ひとりか二人用ぐらいのサイズで色はシックなグレー。——違いますか？」

「ええ、確かに被害者宅の冷蔵庫は、そういった機種でしたね」ただし、辰巳家の冷蔵庫が、どんなサイズで何色であるかは、確認する機会がなかった。辰巳恭介は刑事たちの訪問を受けて、彼らを真っ直ぐ応接間に通したのだ。辰巳家のキッチンにグレーの冷蔵庫が置かれていることは、充分に考えられる話だ。「しかし長井さん、あなたは先輩二人が同じ冷蔵庫を使っていることを、なぜご存じなんですか」

「実は僕、家電マニアなんですよ。そもそも杉本先輩のアパートにある冷蔵庫は、何を隠そう、この僕が購入を薦めたものです。それが確か昨年の末のこと。で、それからしばらくして辰巳先輩の家で、ご馳走《ちそう》してもらう機会があったんですが、そのとき辰巳家のキッチンに同じ冷蔵庫があったんです。ええ、ちょっと変わった機種なんで、絶対に見間違いじゃありません。それで『へえー』って思いましてね。そのことを辰巳先輩の前で話したら、嫌な顔をされました。どうやらライバル視する杉本先輩と同じ冷蔵庫ってことが、気に食わなかったようですね。あのときは僕も『シマッタ！』と思いましたよ」

「なるほど、そういうことですか……」

つばめは意外な事実に深く考え込んだ。長井の話によれば、被害者の自宅と容疑者の自宅、それぞれのキッチンに同じ機種の冷蔵庫があるのだという。そういう偶然は当然あり得るだろう。では、そのことが果たして今回の事件と関係あるのだろうか。例えば、同じ機種の冷蔵庫二台を使えば、たったいまアリバイが証明された辰巳恭介にも犯行が可能になるとか。——いやいや、そんなことはあり得ない！

黙りこんだまま思い悩むつばめと勝男。それをよそにベイファンの男は会話を切り上げるように、すっくと席を立つ。そして店の奥にある大型テレビを指差しながら、

「それじゃあ僕は、このへんで失礼しますよ。そろそろ試合が始まりそうなんでね」

長井修は刑事たちをテーブル席に残して、大型テレビのほうへと移動。ユニフォームの背中に描かれた背番号25『TSUTSUGOH』は、周辺にたむろする背番号3『KAJITANI』や背番号19『YAMASAKI』などに混じって見分けがつかなくなった。

つばめは小声で尋ねた。「ねえ、お父さん、いまの長井修の話、どう思う？」

「うむ、まったく無意味な話とも思えん。だが同じ冷蔵庫があったとして、何がどうなる？ 犯行のあった夜に辰巳恭介がハマスタにいたという事実は一ミリも動かないはずだ」

「そう。確かに、そうなのよねえ……」と溜め息まじりに呟くつばめ。

だが何気なくカウンターに視線をやった次の瞬間、確かに見覚えのある一個の記号が視界の隅に留まる。つばめは思わず目を見張った。——「！」

赤いユニフォームの背中に描かれたその記号は、驚きを表す『！』マーク。そしてSLYLYの白い文字。それを身に纏《まと》うのは、赤いカチューシャに赤い眼鏡の若い女性だ。

「お、お父さん……見てよ、あの娘！」

「ん、なんだ……おお、あの背中は！」

勝男の口から驚きと期待に満ちた声があがる。広島東洋カープの愉快なマスコット、スラィリーのユニフォームを着た謎めいた女性。彼女こそは、ここ三年にわたって野球に纏わる難事件を見事解決に導いてきた、あのカープ女子に間違いない。

勝男はさっそく席を立つと、カウンター席へと歩み寄る。そして「やあ、田中菊マル……」と彼女の名前をいいかけたところで、慌てて口を噤んだ。「…………」

「…………」呼ばれたカープ女子も一瞬ピクンと反応しただけで、やはり沈黙だ。

「あれ!?　どうしたのよ、お父さん。それに田中菊マル子さんも……」

と何気なくその名を口にするつばめ。瞬間、カープ女子の肩がブルブルと小刻みに震えだす。その様子を見るなり、つばめは「あッ」と声を発して、自らの迂闊《うかつ》さを呪った。

赤い眼鏡のカープ女子との出会いは、いまから三年前。広島東洋カープが四半世紀ぶりに奇跡のリーグ優勝を飾った二〇一六年のことだ。当時、彼女は自らを『神津テル子』と称していた。

その後、カープがリーグ連覇を達成した二〇一七年、そして三連覇を果たした二〇一八年に至るまで、彼女は『田中菊マル子』を名乗っていた。だが、その名前の由来となったひとり、丸佳浩は昨年のシーズンオフにフリーエージェント宣言。すべてのカープファンが千葉ロッテマリーンズへの移籍を熱望する中、よりにもよって読売ジャイアンツへの移籍を果たしたのだ。結果、新加入した丸の活躍もあって、今年二〇一九年の巨人はセ・リーグ首位。一方、丸の抜けた穴を埋めきれないカープは、四連覇どころかAクラス争いがせいぜいという苦しい戦いが続いている。

このような状況にある二〇一九年において、彼女が昨年までと同様、『田中菊マル子』の名を名乗っているわけがないのだ。そこで、つばめは恐る恐る彼女にお伺いを立てた。

「ご、ごめんなさい……あの、今年はあなたのこと、何とお呼びすればいいのかしら？」

すると彼女は手にした赤いカクテル『レッド・アイ』をグラスからひと口。「プハーッ」と盛大に息を吐くと、どこか投げやりな調子で答えた。「そうですわねぇ。では『田中菊マル子』改め、今年は『連覇《れんぱ》タエ子』とでも、お呼びくださいませ。リーグ四連覇の希望は無残に絶えましたから……」

「まあまあ、そう自棄《やけ》にならなくたって……」つばめは落ち込むカープ女子の肩に手をやりながら、「調子の出ないカープにだって、まだ逆転優勝の目は残っているはずじゃないの」

「いいえ。客観的に見て、もはや今年の優勝は巨人かDeNAに絞られた印象ですわ」

「いや、そんなことは……我らがスワローズにだって奇跡の逆転優勝の可能性が……」

「一ミリもありませんわよ、そんなもん！」

田中菊マル子改め連覇タエ子は、何の遠慮もなくピシャリと断言して、勝男の妄言を一蹴。再びグラスの『レッド・アイ』をひと口飲むと、探るような視線をつばめへと向けた。

「ところで刑事さん、わざわざわたくしに声を掛けてきたということは、またまた難しい事件で、お困りなのではありませんこと？　ひょっとして、それが野球に纏わる事件でしたら、この連覇タエ子が相談に乗りますわよ。——四連覇の望みが絶えた鬱憤晴《うっぷんば》らしに！」

鬱憤晴らしになるか否かはともかくとして、彼女がヤル気を見せてくれているのは頼もしい。さっそく神宮寺親娘は、赤い眼鏡のカープ女子を両側から挟み込む恰好で、カウンター席に陣取る。そして勝男が自ら名付けた『パットン見立て殺人』について、ひと通り詳細を説明。すると話を聞き終えたタエ子が真っ先に話題にしたのは、やはりデコボコになった冷蔵庫のことだった。

「被害者、杉本敦也氏の自宅のキッチンにあった冷蔵庫ですが、扉を開けて中をご覧になりましたか。冷蔵庫内はどんな具合でした？」

タエ子の質問に勝男が答えた。「扉はデコボコになっていたが、中の様子は、べつにどうってことなかったな。缶ビールとマヨネーズ、賞味期限を過ぎた玉子や腐りかけの牛乳、臭気を放つ謎の魚類などが、意味もなくキンキンに冷やされていたよ。——ま、ごく普通の独身男性の冷蔵庫ってところだな」

あれが『ごく普通』かしら？　つばめは問題の冷蔵庫内の惨状を思い返しながら苦笑い。そして横から口を挟んだ。「まあ、要するに特別に不自然な点は見当たらなかったってことよ。扉がデコボコになっていること以外はね。——やっぱり冷蔵庫が重要なの？」

「ええ、もちろん。何より重要ですわ」といって、タエ子は質問を続けた。「では、その冷蔵庫の置かれた場所について、もう少し正確に教えていただきたいんですが」

「冷蔵庫の置かれた場所⁉」勝男は首を傾げながら、「もちろんキッチンだが……」

「そりゃそうでしょうとも！」苛立ちを露にしてタエ子は続けた。「ですからキッチンのどこに置かれていたのかと、お聞きしているのですわ。通常、冷蔵庫というのはキッチンの壁際に寄せて設置するものだと思うのですが、いかがです？」

「ああ、そういう意味か。確かに杉本氏の冷蔵庫もキッチンの壁際にあった。正確にいうと、流し台と壁との間に挟まれた角のスペース。そこが冷蔵庫置き場になっていた」

「そうですか。ちなみに冷蔵庫は流し台の右側に？　それとも左側に？」

「ん⁉　流し台に向かって、左側が冷蔵庫だ。そのさらに左側に壁がある」

「間違いありませんわね？」

「ああ、間違いないが……君、そんなことが重要なのかね？」

「ええ、大変に重要ですわ。それでは最後に、もうひとつ」と一本だけ指を立てて、タエ子はまた尋ねた。「その冷蔵庫の扉は、向かって右側に開くタイプでしたか。それとも左側に開くタイプでしたか」

「え、なに⁉　扉が右に開くか左に開くか、だと⁉」意外な問いに勝男は目をパチクリ。そして助けを求めるように娘を見やった。「おい、つばめ、どっちだったか覚えているか」

「ええっと、それって要するに冷蔵庫の扉が流し台のほうに開くか、それとも壁のほうに開くかって話よね」つばめは頭を整理してから冷静に答えた。「だったら壁側よ。扉は壁側に開いた。つまり左に開くタイプだったってことね。ええ、間違いないわ。でも、それがどうしたっていうの、マル子さ……いえ、タエ子さん？」

「どうしたもこうしたもありませんわ」連覇タエ子は確信を得た表情で頷く。そして宣言するようにいった。「この『パットン見立て殺人』の真相、わたくしには読めましたわ！」

7

つばめは思わず自らの耳を疑った。田中菊マル……いや違う、連覇タエ子は、たったいま事件の話を聞き、いくつかの質問をおこなっただけで、もう真相が見えたと豪語しているのだ。その発言をイマイチ信用しきれない神宮寺親娘は、疑惑に満ちた視線を彼女に向けた。

「おいおい、本当なのか、君。じゃあ見立て殺人の意味も判ったっていうんだな？」

「ちょっと大丈夫なの、タエ子さん？　そんな大きなことといって」

「ええ、問題ありませんとも。やはり事件のポイントは冷蔵庫なのですわ」

「ふぅん、じゃあ同じ冷蔵庫が二つあると、不可能が可能になるのかしら？」

「ええ、実はそのとおり。——では、ご説明いたしますわね」といってタエ子はまた指を一本立てると、おもむろに口を開いた。「お二人の話を聞いて、疑問に思った点がひとつ。なぜ被害者、杉本敦也氏は左利き用の冷蔵庫を使っていたのか、という点ですわ」

「左利き用の冷蔵庫？」つばめは思わずキョトンだ。「そうなの？」

「ええ、杉本氏の自宅の冷蔵庫は左に開くタイプとのこと。しかしこれは冷蔵庫としては少数派ですわ。よろしいですか。冷蔵庫というものは、観音開きするような大型冷蔵庫を除けば、その扉は右に開くか左に開くかの、どちらかです。が、実際のところ世に出回る冷蔵庫の多くは、右に開くタイプ。なぜなら右利きの人間にとっては、そのほうが扉を開けやすく、また開けた際に冷蔵庫内を覗き込みやすい。そういう利点があるからですわ」

「そ、そうかしら？」つばめは腕組みしながら、脳内に一個の冷蔵庫を思い描いた。右利きの自分が利用する場合、右開きの扉と左開きの扉、どちらが開けやすく覗き込みやすいか。もちろん、どっちでも大差はないのだが、どちらかといえば右開きのほうが、動きがスムーズなように思える。つばめは納得して頷いた。「そうね。確かに、あなたのいうとおり、被害者の冷蔵庫は左利き用だったみたい」

「では杉本氏は左利きだったのでしょうか。いいえ、杉本氏の腕時計は死体の左腕に巻かれていたとのこと。ならば利き腕は、おそらく右なのですわ」

「そっか。そこで、ひとつの謎が浮かんでくるってわけね。——なぜ杉本氏は右利きであるにもかかわらず、左利き用の冷蔵庫を使っていたのか？」

「おいおい、そんなの謎でも何でもないだろ」と勝男が横から口を挟んだ。「利き腕なんて大した問題じゃない。冷蔵庫の扉を開け閉めする場合、むしろ大切なのは壁の位置だろ。冷蔵庫の右側に壁があるなら、扉はそちらに向かって開くほうがいい。開けた扉が壁に沿う恰好になるからだ。逆に右に壁があるのに、扉が左に開くような場合、冷蔵庫内を覗き込むことが少し窮屈になる。被害者宅の場合、冷蔵庫の左側に壁があった。だったら扉は左に開くほうがいい。そして実際、扉は左に開くタイプだった。理に適《かな》っているじゃないか。馴れれば冷蔵庫の扉なんて、右手でも左手でも開け閉めできるんだからな」

「それもそうね。確かに、お父さんのいうとおりだわ」つばめは珍しく父親の発言に正当性を認めた。確かに冷蔵庫の扉の開閉において重要なのは、利き腕よりも壁の位置だろう。だとすれば、『杉本氏は右利きでありながら、なぜ左利き用の冷蔵庫を使っていたのか?』というタエ子の疑問は、そもそも的外れということになる。「要するに、右利きの人でもキッチンの状況によっては、左利き用の冷蔵庫のほうが便利というケースはあり得る。杉本氏のキッチンが、まさにそのケース。だから、そこに左利き用の冷蔵庫があることも、べつに不自然ではない。——そういうことで説明が付くんじゃないの、タエ子さん?」

「ええ、確かに納得のいく説明ですわね。もしも杉本氏が何年も前からずーっと『西森アパート』の一〇四号室に暮らしていたというのなら、その説明で充分に納得できますわ」

「——あッ!」虚を衝《つ》かれて、つばめは思わず声をあげた。

そうだった。『西森アパート』の管理人がハッキリといっていたではないか。杉本氏はつい最近まで一〇三号室の住人だった。だが、この春に隣の一〇四号室が空室になったので、そちらへ移ったのだ。——とすると、どうなるのかしら?

首を傾げるつばめの隣で、タエ子が再び口を開いた。

「ご存じのように、アパートの部屋というのは大半の場合、隣あった部屋同士の間取りが鏡像対称になっているもの。――あ、《鏡像対称》の意味はお判りですよね、警部さん？」

「もちろん、それぐらい判っているさ。簡単に説明するなら、アパートの隣りあった部屋同士の間取りのような、あの特徴的な状態のことが、すなわち《鏡像対称》だ。そうだろ？」

「お父さん、それ何の説明にもなってないから！」

つばめは父親の言葉に激しくツッコミを入れてから、よくよく考えた。《鏡像対称》とは読んで字のごとく、鏡に映したように左右が反対になったシンメトリーということだ。杉本氏は最近まで一〇三号室に暮らしていた。その部屋は一〇四号室を鏡に移したような間取りだったはずだ。ならば、その部屋のキッチンは一〇四号室と比べて左右が逆であるはず。ということは――

「つまり一〇三号室では、流し台の右側に冷蔵庫があって、さらにその右側に壁があった。そのはずよね」

「そういうことですわ。では、このようなキッチンに左開きの冷蔵庫を置いた場合、どうなるか。使い勝手が良いか悪いか。ちょっと想像すれば、お判りになりますわよね」

「ええ、使いづらいでしょうね。ていうか、敢えて左利き用の冷蔵庫を置く意味がない」

「おっしゃるとおりですわ。杉本氏は右利きで、壁も冷蔵庫置き場の右側にある。しかも家電売り場には主に右開きの冷蔵庫が並んでいる。そんな中で、誰がわざわざ左開きの冷蔵庫を買い求めるというのか。あり得ませんわ。すなわち、杉本氏は一〇三号室に住んでいたころには、当然のように右開きの冷蔵庫を使っていたのですわ」

「じゃあ、杉本氏はこの春、一〇四号室に移る際に、冷蔵庫を買い換えたってことかしら?」

「それは考えにくいでしょう。杉本氏は家電マニアでもある長井修氏からお薦めの冷蔵庫を聞き、それを購入した。それがつい昨年末の話なのだとか。ならば、その真新しい冷蔵庫を、単に壁の位置が気になるからという理由だけで、わざわざ買い換えるなんて馬鹿げていますわ。なにせ冷蔵庫というものは、家電の中でも特に高額なもの。よほどのお金持ちならばともかく、単なる会社員がそんな贅沢《ぜいたく》な真似はしないでしょう」

「それもそうね。じゃあ、杉本氏は近いうちに隣の部屋に移ることを見越して、敢えて左開きの冷蔵庫を買っていた——なんていう可能性は?」

「それもあり得ません。近いうちに一〇四号室が空き家になるか否か、そこに杉本氏が移れるか否か、そんなことは誰にも判らないではありませんか。少なくとも昨年末の時点で、杉本氏がそのような未来を予見して、敢えて左開きの冷蔵庫を購入したなどということは、ちょっと考えられませんわ」

「おいおい、だったら、いったいどういうことなんだ?」痺《しび》れを切らしたように、勝男が横から口を挟んだ。「昨年末、杉本氏は右開きの冷蔵庫を購入したはず。ところが一〇四号室にあった冷蔵庫は確かに左開きだった。しかしながら、杉本氏が冷蔵庫を買い換えたとも考えにくい。てことは、つまり……あん？　おいおい、ひょっとして、まさか!」

「ええ、おそらく、その『まさか』ですわ」

タエ子は薄《うっす》らと微笑んで小さく頷く。それを見るなり、勝男は何を思ったのか、カウンターのスツールから飛び降りる。そして、ようやく客の増えてきたフロアを見渡した。

「どうしたのよ、お父さん？　何を探しているの？」

「あッ、あれだ！」そう叫ぶや否や、勝男はフロアを横切って小走りに進む。

つばめもスツールから降りて、父親の後を追った。勝男の視線の先には青いユニフォーム。大型テレビを眺める背番号25の男性の姿だ。その肩を勝男はぐっと摑《つか》んで、相手を無理やり振り向かせる。そして有無をいわせぬ口調で尋ねた。

「おい、筒香君……じゃなかった長井君！　熱戦の最中に申し訳ないが、もうひとつだけ聞かせてくれ。君が杉本敦也氏に薦めたという例の冷蔵庫、それは扉が右に開くタイプだったか、それとも左に開くタイプだったか。いったい、どっちだ？」

当然ながら、この唐突すぎる問い掛けに長井修はキョトン。だが間もなく質問の意味を理解すると、ちょっと意地悪そうな笑みを浮かべて、こう答えた。

「いえ、刑事さん、それはどっちでもありません。僕が杉本先輩に薦めた冷蔵庫は、右にも左にも開くタイプですから。扉のヒンジ――要するに蝶番《ちょうつがい》の部分ですけど――それを付け替えることで、扉は右開きにも左開きにも変更できるんです。あれ、さっき僕、いいませんでしたっけ？　僕が先輩に薦めた冷蔵庫は『ちょっと変わった機種』だって」

「要するにだ……」再び《ふたた》カウンター席に戻った勝男は淡々とした口調でいった。「杉本敦也氏は一〇三号室に住んでいたときには、冷蔵庫の扉を右開きにして使用し、一〇四号室に移ってからは、それを左開きに付け替えて使用していた。家電マニアの長井修が杉本氏に薦めた冷蔵庫というのは、そういう便利な機能を持った特別な機種だったわけだ」

「ええ、そういうことですわ」連覇夕エ子は『レッド・アイ』で喉を潤して頷いた。「刑事さんたちから伺ったお話。被害者宅における冷蔵庫の位置。そして扉の開く方向。それらの事実から、わたくしもそのように推理いたしました。――杉本氏の冷蔵庫は、きっと特殊な扉を持つ冷蔵庫に違いない、と」

連覇夕エ子の推理の正しさは、すでに長井修の証言によって証明済みだ。しかし問題は別のところにある。つばめは、そのことを夕エ子に尋ねた。

「被害者の冷蔵庫が特殊なものだってことは、よく判ったわ。でも、それが何だっていうの？今回の事件と何か関係あるのかしら？」

「当然ありますとも。不可能だと思われていた犯行が、これで可能になりますわ」

「そ、そうなの!?　でも、どういうふうに……」

つばめにはサッパリ見当が付かない。夕エ子は悠然と口を開いた。

「よくお考えください。被害者の冷蔵庫は扉の部分が右にも左にも付け替え可能な機種。すなわち、その扉は本体から完全に取り外すことができるのです。ならば外した扉だけを持って、どこか別の場所——例えば『横浜精機』の廃工場あたり——に持ち込むことは充分可能ではありませんか。冷蔵庫自体を持ち運ぶことは不可能だとしても、扉だけなら実に簡単なこと。不可能は可能になりますわ」

「な、なるほど、そっか！」つばめは目から鱗《うろこ》が落ちる思いがした。「てことは、実際の犯行現場は、『西森アパート』の一〇四号室のキッチンではなくて、やっぱり『横浜精機』の廃工場ってことなのね？」

「そういうことですわ。犯人はアパートに置かれた冷蔵庫に、杉本氏の頭部を無理やり叩きつけたのではない。実際は廃工場を訪れた杉本氏の頭部に、犯人が両手で持った凶器——重たい冷蔵庫の扉——を振り下ろしたのですわ。思いっきり『バイ〜ン』と！」

「うッ……」つばめは思わず自分の頭部を両手で押さえた。「冷蔵庫の扉で頭を『バイ〜ン』って……確かに、そんなふうにされたら、相手はたぶん気絶するでしょうね……」

「うむ、二、三発もお見舞いしてやれば、スチール製の扉もたちまちデコボコになるってわけだ。——ん、しかし、待てよ」勝男はふと顔をしかめて、指を一本立てた。「仮に君のいうとおりだとしても、ひとつ大きな問題があるぞ。犯人はどうやってその凶器を手に入れるんだ？　いくら本体から取り外しが可能だとしても、被害者宅にある冷蔵庫の扉を、赤の他人がそう簡単に持ち出すことは不可能だろう。犯人にはアパートの合鍵と泥棒のスキル、その両方があったとでもいうのかね？」

「ああ、素晴らしい。実に鋭い指摘ですわ」タエ子は嬉しそうに微笑みながら、「でも警部さん、お忘れではありませんこと？　確か、被害者宅にある冷蔵庫とまったく同じ色、まったく同じ機種の冷蔵庫が、もう一台あったはずですわよね？」

「あッ、そうか」勝男はパチンと指を弾いた。「辰巳恭介だ。彼の自宅にも同じ冷蔵庫がある。だったら、わざわざ被害者の部屋から盗み出す必要はない。自分の家の冷蔵庫から扉を外して、それを凶器として用いればいい。そして犯行後、被害者のアパートの部屋にこっそり侵入。そこにある真新しい冷蔵庫の扉とデコボコになった扉とを、密かに交換するってわけだ」

「ええ、まさに、そういうことですわ」

「え!?　ちょっと、そういうことって……いやいや、それも変じゃないかしら」つばめは慌てて異議を唱えた。「だって犯行の夜、辰巳恭介は横浜スタジアムで長井修と一緒にナイター観戦していたのよ。その事実に変わりはないはずでしょ。その彼が、どうして同じ夜に冷蔵庫の扉でもって杉本氏の頭を『バイ～ン』ってできるのよ。絶対不可能じゃないの？」

「ええ、それもまた刑事さんのおっしゃるとおり。ならば、このように考えるしかありませんわね。まず『犯人は辰巳恭介ではあり得ない』と。しかしながら『犯人は辰巳家にある冷蔵庫の扉を取り外して、凶器として用いることのできる人物である』と。――はい、もうお判りですわね。そう、犯人は辰己家のもうひとりの住人、辰巳香織その人ですわ」

9

連覇タエ子が指名した真犯人。その意外さに警視庁が誇る《親娘燕》は揃って愕然《がくぜん》となった。

いままで、つばめたちは辰巳恭介に疑惑の目を向け、彼の犯行の可能性のみを探ってきた。女性が犯人である可能性など、いっさい考慮してこなかった。冷蔵庫に被害者の頭部を打ち付けるという荒っぽい犯行方法、そして死体運搬にかかる多大な労力。それらから推測される犯人像は、屈強な男性だったのだ。にもかかわらず、タエ子が指名した真犯人は女性。しかも辰巳恭介の妻、香織だというのだ。神宮寺親娘は揃って驚きを口にした。

「信じられない……あの奥さんのほうが犯人だなんて……」

「うむ、怪しいのは夫の恭介だとばかり思っていたが……」

「あら、そうですかしら」赤い眼鏡のカープ女子は淡々とした口調でいった。「そもそも今回の『パットン見立て殺人』の犯人が恭介だとしたなら、肝心の見立てがあまりに不充分ではありませんこと？　だって杉本敦也氏の寝室のクローゼットには、ベイスターズのユニフォームや野球帽が、判りやすく存在したのでしょう。仮に恭介が犯人ならば、当然それらのグッズを見立てに応用したはず。死体に野球帽を被せるとか、ユニフォームを着せるとか、やり方はいくらでもあるでしょう。ところが実際のところ、犯人はそれらのグッズに手を付けていない。これは、なぜか。――そう、犯人は被害者がベイスターズファンであることを知らなかったのですわ。だとすれば、それは恭介ではない。杉本氏がベイファンであることは、会社の人間ならば誰もが知るところなのですから」

「すなわち犯人は会社の人間ではない。それで君は香織のほうに目を付けたってわけだ」

「で、香織の犯行は具体的に、どのようなものだったのかしら？」

つばめに問われて、タエ子は説明した。

「まず香織は八月十一日の夜に、杉本氏を電話か何かで『横浜精機』の廃工場に呼び出したのでしょう。その日は夫の恭介が長井修とともに横浜スタジアムにナイター観戦に出かける予定になっている。当然、恭介の帰宅は深夜になるはず。そのことを見越して、香織はこの夜を犯行の日と定めたのでしょう。香織は自宅の冷蔵庫から扉を外すと、綺麗に指紋や汚れを拭き取った。そして大きな袋――折りたたみ式の自転車を入れるバッグなどがピッタリだと思うのですけど――その中に扉を収めて、その夜ひとりで家を出たのです。向かった先は、もちろん蒲田にある廃工場。やがて、その場所に約束したとおり杉本氏が現れます。そこで香織は隠し持っていた凶器を、やおら取り出すと……」

「こらこら、ちょっと待て！」勝男は慌ててタエ子の話を遮ると、「おい君、『隠し持っていた凶器』って、そりゃ無理だろ。いくら扉のみといっても冷蔵庫のやつだぞ。ナイフやカナヅチみたいな普通の凶器とは訳が違う。そうそう隠し持てるわけがないじゃないか」

「ああ、それもそうですわね。ならば、香織は凶器ごと身を隠したのでしょう。入口を入ってすぐの壁際にでも身を潜めれば、待ち伏せのポジションとしては絶好です。何も知らない杉本氏が入口を入った次の瞬間、香織は頭上に構えていた冷蔵庫の扉を振り下ろした。杉本氏の脳天を目掛けて、思いっきり『バイ〜ン』と！」

「やっぱり『バイ〜ン』なのね……」

「ええ、『バイ〜ン』ですわ。それ以外の擬音は思い浮かびません」

キッパリ断言して、タエ子は続けた。「その後、香織は気絶した杉本氏の首にロープを巻いて彼を絞殺。それからポケットを探って、彼の財布やらスマホやらを奪いますが、真の狙いは彼のアパートの鍵です。それを奪い取った香織は、被害者の死体を床の上で引きずって廃工場の奥に放置。さらに足で踏みつけるなどして、死体の両手に損傷を加えたのでしょう。そして、あらかじめ用意しておいた例のスポーツ新聞を死体の傍に置いたのです」

「ふむ、見立ての一環としてだな」

「ええ。それが済むと、香織は被害者の血液と毛髪が付着した扉を、再び大きな袋に仕舞い込んで廃工場を後にします。次に向かった先は、杉本氏のアパートです。香織は奪った鍵を使って、一〇四号室に忍び込んだ。そしてキッチンにある冷蔵庫の扉と、自分が持ち込んだ扉とを、その場で交換したのですわ」

「扉部分に収納されていた食品は、すべて移し替えたってことね？」

「もちろんですわ。賞味期限の過ぎた玉子も腐りかけの牛乳も全部移し替えます。そうすることで、何事もなかったキッチンが、たちまち惨劇の舞台に早替わり、というわけですわ」

「そして香織は、血液も毛髪も付着していない扉を抱えて、被害者の部屋を出たってわけね」

「ええ。香織は辰巳邸に戻ると、それまで扉ナシの状態になっていた冷蔵庫に、持ち帰った扉を取り付けた。そして扉の収納スペースに、玉子やら牛乳やらを仕舞いなおした。それらの作業がすべて終わった後に、夫の恭介が横浜から帰宅したのですわ」

「恭介はキッチンの光景を見ても、きっと何も気付かなかったでしょうね。自分の家の冷蔵庫が、まさか扉の部分だけ、他人の冷蔵庫――しかもライバルである杉本氏の冷蔵庫のものと、密かに取り替えられているなんてこと、夢にも思わないでしょうから」

「当然だな。我々だって、そんな可能性は少しも考えなかった。扉がデコボコになった冷蔵庫、それ自体が『パットン見立て殺人』の見立てのひとつだと信じ込んでいたんだ」

「そうでしょうとも。まさに香織の目論見《もくろみ》どおりですわ。香織は今回の殺人事件に横浜スタジアムで起きた『パットン冷蔵庫殴打事件』を連想させるような装飾を加えた。それによって冷蔵庫の扉という特殊な凶器の存在を、警察の目から見えにくくしようとした。それこそが香織の企んだ『パットン見立て殺人』の真の狙いだったのですわ」

そういって自らの推理を語り終えた連覇タエ子は、グラスに残る『レッド・アイ』を一気に飲み干す。

神宮寺親娘はカープ女子の慧眼に、沈黙するばかりだった。

10

「ねえ、あなた、この冷蔵庫、そろそろ買い換えない？」

日曜日の午前、何げない口調で水を向けると、夫は怪訝そうな表情。自らキッチンに足を踏み入れながら、「ん、なんでだ？　べつに、どこも壊れてないだろ、この冷蔵庫」

「え、ええ、壊れたわけじゃないわよ、もちろん」私は努めて平静を装っていった。「でも、これは私が独身時代から使っていたやつでしょ。二人暮しにはサイズが小さいのよ」

「そうかぁ!?　でも、まだそんなに古くもないし……ていうか、まだ新しいし……ん、ホントに新しいな……なんか、扉とか新品みたいじゃないか、おい……？」

「き、綺麗に磨いたのよ！　そりゃもうピッカピカにね！」私は夫と冷蔵庫の間に無理やり身体を滑り込ませる。そして夫を回れ右させていった。「判ったわ。でも考えておいてね。買い換えのこと。――ほら、もういいから、あなたはテレビでも見ていて」

態《てい》よくキッチンから追い払うと、夫は首を傾げながらリビングへと戻る。私は「ホーッ」と胸を撫で下ろした。――危なかった。だが夫は気付いてはいない。私がこの冷蔵庫の扉を凶器として、彼のライバル杉本敦也をあの世に送ったことを。そして、いまここにある扉が、実は杉本の部屋の冷蔵庫から拝借したものであることを。

夫にとって杉本敦也は目の上のタンコブ。同時にそれは私にとっても目障りな存在だった。

なぜなら私にとって杉本は昔の彼氏。私は杉本と辰巳を天秤《てんびん》に掛けた上で、より出世の見込みがありそうな辰巳のほうを夫として選んだのだ。ところが私にフラれて逆に奮起したのか、その後は杉本のほうが出世争いをリード。ついに夫を抜き去って部長の座に就くに至ったのだ。

『杉本……あの男め、なんて邪魔な奴……』

そんなふうに内心で怒りをたぎらせていたとき、偶然『ベースボールニュース』で見たのが、例の衝撃映像だった。それを見た瞬間、私の脳裏に天啓のごとく殺人トリックが舞い降りたのだ。このトリックを使えば、犯行現場を杉本のアパートであると誤認させることができる。それによって夫には完璧なアリバイが成立。と同時に、私も容疑の圏外に逃れられるのだ。――なんと素敵なアイデアだろうか！

自らの閃きに魅了された私は、熟慮を重ねた末、元カレである杉本に自ら電話したのだ。『夫が留守のときに、こっそり二人で会えないか……』と。その際、密会場所として指定したのが、蒲田にある廃工場。そして約束の当日、私は古いスポーツ新聞と大きな《凶器》を持って、ひとり現場へと乗り込んだのだ――

と、そこまで記憶を手繰《たぐ》ったところで、突然「ピンポ～ン」と玄関の呼び鈴が鳴る。日曜朝のワイドショー番組を眺めていた夫が「おや!?」と声をあげた。「誰だろ……？」「私が出るわ」夫をリビングに残して、ひとり玄関へ向かう。しかしドアスコープを覗いた瞬間、私はハッとなった。恐る恐る扉を開けると、玄関先に佇むのは黒いパンツスーツ姿の若い女性と、冴えない背広姿の中年男性だ。「あ、ああ、この前の刑事さん……」

「やあ、奥様、先日はどうも」そういって中年刑事は穏やかな笑み。そして一歩前に進み出ると、おもむろにこう切り出した。「今日は、ちょっとだけ見せていただきたいものがありましてね。それが実は、お宅の冷蔵庫なのですが……よろしいですかな？」

「え!?」私は思わず息を呑《の》んだ。「こ、困ります……そんな、急にいわれても……」

「おや、そうですか」中年刑事は落胆の表情を浮かべると、「まあ、無理もありませんな。警察にキッチンを覗かれたんじゃ、奥様だって当然いい気はしないでしょうし……」

「ええ、まあ、はい……」

「仕方ありませんな。では結構です」物分りよく頷いた中年刑事は、すぐさま次善の策を私に告げた。「ならば奥様、冷蔵庫の扉だけ、ここに持ってきていただけませんか？」

「…………」

「持ってこれますよね、扉だけ。簡単なはずですよ、お宅の冷蔵庫ならば……」

中年刑事の勝ち誇るような言葉に、私は言葉を失うばかり。リビングでは夫が何も知らないままテレビを見続けているらしい。玄関まで漏れ聞こえてくるのは、《球界のご意見番》張本勲氏の声だ。いったい誰に向けられた怒りなのだろうか。三千本安打のレジェンドは、今日も絶好調で得意のフレーズを連呼している。『――喝ですよ、喝！』

まるで私に向けられたかのような、その言葉を聞きながら、ついに私の身体はブルブルと震え出すのだった――

第5話　2020年

千葉マリンは燃えているか

1

「なあ、君、僕たち、もう別れたほうがいい。そう思わないか」

彼の口から唐突に飛び出した別れ話。その言葉に、私は思わず耳を疑った。

「どうして!? なんで、そんなことというのよ。私が何をしたっていうの!?」

問い掛けてみても返事はない。彼、小柳博人《こやなぎひろと》は黙り込んだまま、リビングの窓辺に佇むばかり。大きく西に傾いた秋の陽光が、彼の背中を強く照らしている。逆光の中で、博人は冷たい表情だ。察しろよ——といいたげな目つきで、四十代とは思えない若々しい顔をこちらへと向けている。

私は努めて冷静さを装いながら、また口を開いた。

「ええ、もちろん判ってるわよ。なぜ、あなたが急にそんなことを言い出すのか」

そういって私は愛用のトートバッグを手に取った。中に突っ込んであった週刊誌を引っ張り出して、震える指先でページを捲《めく》る。やがてお目当ての記事を見つけた私は、ページを開いたまま、それをローテーブルの上に叩きつけた。「——これのせいよね!」

そこにデカデカと掲載されているのは数枚のモノクロ写真だ。夜の街を並んで歩く男女の姿が写されている。二人とも大きなマスクをしているため、顔はよく判らない。もっとも新型コロナの感染が収束しそうで収束しない二〇二〇年秋のこと。道行く人なら誰だってマスクをしているのが当たり前。とはいえ、粒子の粗い画像の中、男の肘のあたりにべったりと絡みつく女の腕を見れば、二人の装着したマスクがコロナ対策ばかりではなくてメディア対策の意味もあったのではないかと、そのように勘ぐる向きもあるに違いない。

そんな写真の傍らには『人気女優、鷹宮《たかみや》マミ（30）、真夜中の親《密》デート』という派手な活字が躍っている。──ふん、なにが親《密》よ！　馬鹿じゃないの！

ふざけた見出しに対して、私は心の中で憤りの声を発した。

今年の流行語大賞の最有力候補といわれる《三密》。それの意味するところは、確か《密閉》《密集》そして最後のひとつは《密室》──じゃなくて、なんだっけ？　そうそう、最後のひとつは《密接》だ。これがコロナ禍において忌避されるべき《三密》だが、それと男女間の《親密》を掛けた、実になんとも時代の最先端らしい見出しである。この素敵な見出しを捻り出すには、おそらく《三密》と《壇蜜《だんみつ》》を掛けた駄洒落をドヤ顔で披露できるぐらいの飛び抜けたワードセンスが必要であるに違いない。が、それはともかく──

私は無言のまま、問い掛けるような眼差《まなざ》しを彼へと向ける。すると博人は窓辺からチラリと横目で、問題の記事を一瞥。だが、すぐさま中空に視線をさまよわせると、

「そんな記事……べつに関係ないだろ……」

と、ひと言。そして気まずそうな様子で、こちらに背中を向ける。だが、もちろん関係ないはずはない。なぜなら、ここに写る男性――記事の中では単に《業界人らしき謎の男性》としか書かれていないのだが――それが人気小説家、小柳博人の姿であることは、私には一目瞭然。彼の考えていることは、手にとるように理解できた。

「あなた、私を捨てて、若い娘《こ》に乗り換える気ね。そうはさせないわよ！」

「そんなんじゃないさ。お互いのためを思っていってるんだ！」

「なにがお互いのためよ。勝手なこといわないで！」

「ええい、うるさいな！　もういい――」

詰め寄る私を彼の右手が邪険に払いのける。よろけた私は壁に強く頭をぶつけた。弾みで壁に立て掛けてあった木製バットが音を立てて倒れる。それは彼が創作に行き詰った際、『イチローッ！』とか『ギータッ！』とか『ヤマカワッ！』などと強打者の名前を叫びながらブンブン振り回して気分転換を図る、そのためのバットだ。

私は怒りを込めて、それを手に摑んだ。そんな私に目もくれず、彼はソファに腰を沈めると、リモコンを手にしてテレビの電源をオンにした。

大画面に映し出されたのはプロ野球中継だ。どうやら千葉マリンスタジアムらしい。それとも、現在の正式名称であるＺＯＺＯマリンスタジアムの名で呼ぶべきか。いずれにせよ、千葉ロッテマリーンズの主催するデーゲームだ。東京都港区にある小柳邸と同様、千葉県幕張《まくはり》にあるスタジアムも燃えるような西日に照らされているらしい。選手たちの姿は薄らオレンジ色に染まり、グラウンド上に長い影を映し出している。

博人は無言のままテレビ画面に視線を向けている。私は胸の奥にどす黒い物を感じながら口を開いた。

「な、なによ……あなた、私より野球のほうが大事なの……?」

「ああ、大事だね」彼は画面から目を逸らすことなく続けた。「すでにリーグ優勝はソフトバンクホークスに決定したが、ロッテは現在二位だ。この順位をキープすれば、クライマックスシリーズで再びホークスと対戦できる。そこで勝てば日本シリーズ進出だ。日本一だって夢じゃない。だが三位に落ちたら、そこで終了。何しろ今年のプロ野球はコロナ禍のせいで変則日程だからな。例年と違って三位のチームにはクライマックスシリーズへの出場権がない。二位と三位じゃあ天国と地獄ってわけで……」

野球好きの博人は嬉々《きき》として説明するが、私はもう聞いていない。バットのグリップを両手で握り締めてバッターボックスへ……いや、彼の座るソファの背後へと歩み寄る。

「そう、私はロッテに負けるのね……ロッテより弱いのね、私は……」

「はぁ!? そんなことはいってないだろ。『ロッテより弱い』なんて、僕はひと言もいってないぞ。もちろん元近鉄の加藤哲郎《かとうてつろう》だって、そんなことはひと言も……って、うわあッ!」

背後の殺気に気付いて、博人は慌てて腰を浮かせる。だが、もう遅い。胸に燃え盛る殺意の炎は衰えることなく、ついに私は手にしたバットを容赦なく振りぬいた。

「うぐッ」

短い叫び声を発した直後、リビングの床に膝から倒れる博人。私の両手には確かな感触だけが残った。私は憎らしい彼、小柳博人を自らの手であの世に葬り去ったのだ。

自らの行為に、しばし私は呆然《ぼうぜん》自失。そんな私を現実に引き戻したのは、テレビから聞こえてくる実況アナウンサーの声だった。『ははぁ、どうやら西日が眩《まぶ》しすぎてボールが見えない。そう訴えているようですよ。珍しい光景ですねえ、解説のアリモトさん』『なーに、珍しくなんかありませんよ。私の現役時代の広島市民球場なんか、しょっちゅう西日が眩しくてねえ。バッター泣かせな球場だったけど、私は気にしませんでしたよ。気持ちが充実していれば、ボールなんか、見えなくたって打てるんですから！』

この解説者は、なに馬鹿なことをいってるんだ？　そう思ってテレビに視線を向けると、どうやら現在はロッテの攻撃中。にもかかわらず打者はバッターボックスを外したまま立ち尽くしている。審判も困惑した表情だ。どうやら試合は一時中断といった塩梅《あんばい》である。

と、そのとき――「ハッ!?」

テレビからではない別の音が耳に届き、私は眉根を寄せた。足音だ。何者かが廊下を踏みしめながら、こちらへと歩いてくる。私は咄嗟にリモコンを摑み、テレビを消した。

血の付いたバットを再び手に取る。そして素早く周囲を見回した挙句、私は入口の扉の真横に身を潜めた。

扉が開かれたのは、その直後。リビングに現れたのは、グレーのセーターを着た男性だ。

私は開いた扉の陰から飛び出した。手にしたバットを再び、その男性へと振り下ろす。

瞬間、こちらを振り向く男性。その顔が恐怖に歪む様子は、大きなマスク越しにもハッキリと見て取れた――

2

変死体が運び出されたリビングには、被害者の倒れていた位置を示す白いテープと、慌しく行き交う捜査員の姿。そして若干の腐臭が消えることなく残されていた。

そこに登場したのは、まるでグラビア誌から飛び出したような黒髪の美女だ。白いワンピースを身に纏うその清楚《せいそ》な姿を目の当たりにするなり、神宮寺つばめ刑事の口から「あらッ!?」と驚きの声。それを見て神宮寺勝男警部は「ん!?」と怪訝そうな表情を浮かべた。

同じ『神宮寺』の姓を持つ二人は何を隠そう、血の繋がった実の親娘だ。つばめは警視庁捜査一課の若き捜査員。一方の勝男はいちおう警部の肩書きを持つ大ベテラン。つばめにとっての直属の上司だ。この滅多に類を見ない父と娘の刑事コンビを、勝男は《親子鷹》ならぬ《親娘燕》と呼称して、ひとり悦に入っているようだが、他の捜査員は密かに《桜田門《さくらだもん》スワローズ》などと呼んだりしているらしい。まあ、熱狂的ヤクルトファンである父親にとって、これはこれで悪くないネーミングだろうと、つばめは思う。

そんな神宮寺親娘は警察手帳を示して女性の前で名乗りを上げた。この女性こそは、変死体の第一発見者なのだ。彼女は洗練された身のこなしで頭を下げる。そして、つばめたちの前でハッキリとその名を告げた。

「鷹宮マミと申します。亡くなった小柳博人さんとは……その、なんというか……親しく交際させていただいておりました……」

やっぱり、そうだ。間違いない！　興奮を抑えきれないつばめは、前のめりになりながら、

「鷹宮マミさんって、あの鷹宮マミさんですよね。——わッ、凄い！」

なぜかテンション高めの娘を、勝男は不思議そうな顔で見やった。

「ん、知ってるのか、つばめ？」

「もちろんよ、お父さ……いえ、もちろんですとも、警部！　ほら、モデル出身で最近はドラマでも人気の女優さん。昨年は警部がお好きな朝ドラにも出演していた……」

「え、じゃあ最近はバラエティでも活躍中の……!?」

「そうですよ、警部！」

「てことは、好感度女優と呼ばれてCMでもお馴染みの……!?」

「そうそう、それそれ！」

「つい先日は、週刊誌に『熱愛発覚』って出ていた、あの鷹宮マミか！」

「うんうん、出てた出てた——って馬鹿ぁ！」駄目でしょ、お父さん、それいっちゃ！

焦ったつばめは勝男の向こう脛《ずね》を蹴り飛ばして、父親の無駄なお喋りを封じる。顔面を朱に染める勝男をよそに、つばめは第一発見者に対して非礼を詫《わ》びた。

「申し訳ありません。うちの父が……いえ、うちの上司が大変失礼なことを……」

「はあ……あなたもいま『うんうん』って頷いていたような……いえ、べつにいいです。週刊誌に載ったのは事実ですから」そういって鷹宮マミは肩を落とした。「そう、あの写真に写る相手の男性、あれが小柳博人さんです。私と小柳さんとは密かに交際する仲でした」

「そうでしたか。それは、その、何と申し上げていいのか……」

掛ける言葉のないつばめに成り代わって、勝男が質問の口を開いた。

「では鷹宮さん、あなたが今日の午後、小柳さんの遺体を発見するに至った、その経緯をお聞かせいただけますか。――あなたは、なぜこの家へ？」

「実は私、この十日間ほど実家のある宮崎に帰省していたのです。予定されていた舞台のお仕事が急になくなって、スケジュールにポッカリと穴が開いてしまったものですから」

「なるほど。このご時世ですから、そういうケースは多いのでしょうな」

勝男のいう『このご時世』とは、要するに《新型コロナウイルスの感染が拡大した現在》という程度の意味だ。コロナ禍において『このご時世』という漠然とした言い回しは、大変に重宝されて使用頻度が高い。鷹宮マミは勝男の言葉に深く頷いた。

「ええ。それで久々に親に顔を見せようと思ったのです。今年はゴールデンウィークもお盆もコロナのせいで帰省できなかったものですから、ちょうどいいと思って――」

そんなわけで宮崎の実家にて長期休暇を過ごした鷹宮マミは、今日の午後の飛行機で羽田《はねだ》に到着。その足で真っ直ぐ港区にある小柳邸を訪れたのだという。それはなぜか――と勝男に尋ねられて、彼女はこう答えた。

「彼にお土産《みやげ》を渡すため、という理由もありましたが、それより何より気になることがあったのです。実は私が帰省している間、彼からの連絡が、なぜかプツリと途絶えてしまっていて……こんなことは交際が始まって以来、一度もなかったことです」

「ふむ、不安になったあなたは小柳邸を訪れた。で、この家の様子はどうでした？」

「少し様子が変でした。呼び鈴を鳴らしても返事はなく、そのくせ玄関扉は施錠されていません。扉を開けて彼の名を呼んでみましたが、やはり反応はありません。そのときフッと嫌な臭いを感じました。それで心配になった私は玄関から中に上がり込んだんです。廊下を進み、リビングの扉を開けると酷い悪臭が……と同時に、ソファの傍に倒れた彼の姿が目に入りました。ええ、亡くなっていることは、ひと目で判りました。殺人事件だということもハッキリと……血の付いたバットが床に転がっていましたから……私は悲鳴をあげて外に飛び出すと、すぐさま自分のスマホで警察に通報したのです……」

「なるほど。そういうことでしたか」勝男は深々と頷いて続けた。「あなたもご覧になったバット、どうやらそれが凶器のようですな。小柳氏はその凶器で後頭部を殴打されて死に至ったらしい。問題はそれが何月何日の出来事であるか、という点です」

不幸にして事件の発覚が遅れたため、小柳氏の亡骸《なきがら》は発見時、すでに腐敗が進行していた。したがって被害者の死亡推定日時は、どうしても曖昧なものにならざるを得ない。

「検視に当たった監察医の所見によれば、遺体は死後十日前後が経過しているとのことでした。今日がすでに十一月十日ですから、小柳氏が凶行に遭ったのは今月の初めか十月末ということになるでしょうな。その遺体が今日になって見つかったというわけです。しかし正直、もう少し早く発見されても良かったのではないかと思うのですが……」

「それはたぶん、このご時世だからではないでしょうか」

と鷹宮マミはいった。「このご時世、よほどの理由がない限り、他人の家を訪問することは憚られます。しかも彼は作家ですから自宅にひとりで籠もっていても、さほど不自然には思われません。このご時世では、むしろステイホームが推奨されていますし……」

「確かに十日間くらいなら、姿が見えなくとも誰も何とも思わないでしょうな。会社員ならともかく、小説家ならば……」

「ええ。異変を感じた私でさえ、正直そこまで重大なことだとは思いませんでした。きっと仕事が忙しいのだろうと、軽く考えて……ああ、もっと早めに東京に戻っていれば……」

鷹宮マミは悔やむようにいって目を伏せる。つばめは手帳を片手に質問した。

「ちなみに、宮崎への帰省は正確には何日からだったのでしょうか」

「十一月二日の昼にはテレビのお仕事がありましたから、帰省したのはその日の夜の便です。ええ、その日のうちに自宅にたどり着きました」

今日が十日だから、二日からだとすると正確には八泊九日の滞在となる。「宮崎での滞在期間中、小柳さんからいっさい連絡がなかったのですか」

「いいえ、二日の深夜には彼からメールがありました。翌三日の午前には、短い時間ですが彼とリモートで会話を交わしたことも……」

「え、リモート!?」と勝男が横から口を挟む。「ということは、画面越しに小柳氏と対面したわけですね。そのときの彼の様子はどうでした？　何か変わったことなどは？」

「いいえ、普段と何も変わりなかったです。彼はこのリビングでパソコンを開いていたのでしょう。背景にこの部屋の様子が映りこんでいました。話の内容は他愛のない日常会話です。何も特別なことは話しません。どうせ、すぐまた会えると、あのときはそう信じて疑いませんでしたから。でも、まさかあれが彼との最後のやり取りになるなんて……」

「では、三日午前のリモートでの会話、その後に彼からの連絡が途絶えたと？」

「そういうことです。もちろん私のほうからも何度かＬＩＮＥでメッセージを送りましたが、返事はありません。電話を掛けても出てくれませんでした。それで私はとても心配になりました」

「ふむ、彼の身に何かあったのではないか、と――？」

「いいえ、彼が誰か別の女性と遊びまくっているのではないか、と――」

「ああ、そっちですか！」

アテが外れて、勝男はボリボリと頭を掻く。つばめは横から質問を挟んだ。

「小柳氏の親しくしていた女性が、あなた以外にもいらっしゃったのですか」

「さあ、それはよく判りません。ただ彼は女性には優しい人でしたから、誰か他の女性がいるのではないか、という心配は常に私の中にありました。といっても、具体的な名前は特に思い浮かびませんが……」

「そうですか。ちなみに男性でも女性でも構わないのですが、小柳氏に対して恨みや憎しみを抱く人物、あるいはトラブルになっている相手などに心当たりは？」

「いいえ、思いつきません。そもそも彼は交友関係の狭い人でしたから」

要するに社交的ではないタイプだったのだろう。それもまた、被害者の死体発見が遅れた原因のひとつに違いない。つばめはそのように納得したのだった。

3

事件発覚が遅れたせいで難航するかに思われた今回の捜査。にもかかわらず、死体発見から数日後、神宮寺親娘は取調室にて、ひとりの中年男性と向き合っていた。彼こそは今回の事件において、重要な容疑者と目される男である。

この中年男性と今回の事件とを結びつけたもの。それは指紋だった。凶器となった木製バット、そのグリップから明瞭な指紋が検出されたのだ。警視庁のリストと照合した結果、それはとある男性のものであることが判明した。男性には傷害の前科があったのだ。

彼の名は島谷則夫《しまたにのりお》。五十二歳で妻子はいない。今年の春までは都内にある『ライムライト』という会社で働いていたらしい。イベントやコンサートなどにおける照明設備のレンタルや設置を請け負う中小企業だ。ところがコロナ禍の影響で、様々なイベントが軒並み中止もしくは延期に追い込まれた。結果、イベント関連企業は大きな打撃を受けたわけだが、『ライムライト』もご多分に洩《も》れず経営が悪化。契約社員だった島谷は新たな契約を結んでもらえず、この六月以降は職を失った状態だったらしい。

さらに深刻なのは、無職になった彼が、その二ヶ月後には住む家さえ失ったという事実だ。収入の激減した彼には、それまで住んでいたアパートの家賃が払えなかったのだ。事実、神宮寺親娘が苦難の末に島谷則夫の居場所を突き止めたとき、彼のねぐらは、とある一級河川に架かる鉄橋の真下だった。

勝男が彼の身許を尋ねて任意同行を求めると、意外にも島谷はおとなしく同意した。どうやら彼は、このような形で警官が訪れる場面を、ある程度は予期していたようだった。

その従順な態度から見て、取り調べはスムーズに進むかと思われたのだが――

「え、やってない!?　君は小柳博人氏を殺していないと、そういうのかね!?」

念を押す勝男の前で、島谷則夫はしっかりと首を縦に振った。

「そうです。私は殺していない。あの家には盗みに入っただけです。時刻は午後の三時過ぎでしょうか。秋の太陽が西に傾いたころです。鍵の掛かっていない窓から、私はこっそりと室内に忍び込みました。カネ目の物を盗むつもりでした。でも人殺しなどしません」

「だが凶器のバットには、君の指紋が……」

「それは私のものかもしれませんが……これは罠《わな》です。私は嵌《は》められたのです！」

「というと？」

「私がリビングに足を踏み入れたとき、そこに誰かいたんですよ」

「だから、それが小柳氏だろ。君はあの家が留守だと思って、室内に侵入した。だがリビングには小柳氏がいたんだな。君は思いがけず彼と鉢合わせして大慌て。偶然そこにあったバットを手に摑むと、小柳氏に殴りかかった。――典型的な居直り強盗だ」

「違います。私が侵入したとき、その小柳って人はすでに死んでいたんです。ええ、リビングで血を流して倒れていました。私はギョッとなって、倒れた男のもとへと歩み寄ろうとしました。すると背後に人の気配が……ハッと思って後ろを振り向いた次の瞬間、いきなり目の前が真っ暗に……私は何者かに頭を殴られて気を失ったのです」

「なるほど。つまり現場には君と被害者と、もうひとり別の誰かがいたってわけだ。そいつが小柳氏を殺害し、そして後から現れた君を昏倒させた」

「そうです。凶器に私の指紋が残っていたというのなら、それはきっと、その犯人の仕業でしょう。そいつは殺人の罪を私になすりつけるため、気絶している私の手にバットを握らせて指紋を付けたのです」

「ふむ、確かに筋は通っているようだ。しかし――」といって、勝男は目の前の容疑者をギョロリとした眸で見詰めた。「実際は、そのような三人目の存在などなくて、やっぱり君こそが小柳氏を殺害した張本人。そういう可能性も充分に考えられるところだ」

「そんなぁ！　信じてくださいよ、刑事さん」

島谷則夫の口から嘆きの声が漏れる。つばめは横から質問を挟んだ。

「ちなみに、あなたはいつごろ意識を回復したんです？　あのリビングでどれほどの時間、気を失っていたんですか」

「さあ、それほど長い時間ではなかったはずですよ。目が覚めたとき、秋の西日は相変わらず窓から差し込んでいましたからね。——え、警察に通報!? まさか、通報なんてできませんよ。窃盗目的で他人の家に忍び込んだことは、事実ですからね。意識を回復した私は、目の前の死体にいっさい触れることもなく、慌てて現場から逃げ去りました。それからはねぐらに戻って、じっとステイホーム。いつか警察が私の存在を突き止めて、目の前に現れるんじゃないかと、そのことに怯える毎日でした」

緊張感から解放されたせいか、島谷は妙にサバサバした表情に映る。つばめの目には、この中年男性が大胆な嘘をついているとは、到底思えなかった。

と、そのとき勝男がいまさらながら重大な問いを口にした。

「ところで、君が小柳邸に侵入したのは、いつのことかね?」

「え、いつって?」島谷はキョトンとした表情。そして頼りない口調で答えた。「そりゃあ……その小柳って人が殺された日……でしょ?」

「だから、それは何月何日なのか、と聞いておるんだよ!」

「………」たちまち島谷は腕組みして長考に入った。「……何月……何日……?」

「お、おいおい、嘘だろ、君……」

勝男は不安げな表情を日の前の容疑者へと向ける。つばめも彼の顔を覗き込みながら、

「ま、まさか、憶《おぼ》えていない……とか?」

「なんせ、いまの暮らしには日曜も平日もないから。——いまは十一月でしたっけ?」

「それぐらいは判るだろ。そうだ十一月だ。ていうか、君、新聞やテレビのない生活だとしても、携帯ぐらい持っていないのか。路上生活にはむしろ必需品じゃないのかね？」

「そう、それはそのとおり。でも、その頼みの携帯が壊れて使い物にならなくなったから、切羽《せっぱ》詰《つま》って盗みに入ったっていうのが、実情でしてね。——うーん、あれは何日だったっけ？　今月の初めごろだったことは、確かなんだがなぁ」

と島谷の言葉は少しも確かではない。つばめは藁《わら》にもすがる思いで尋ねた。

「あなたが小柳邸に忍び込んだ日のことで、何か印象に残っていることはありませんか。例えば、その日に地震があったとか、満月だったとか、有名人が逮捕されたとか、アメリカ大統領が何かいったとか。——本当に何でもいいんですけど」

「そうそう、何でもいいんだぞ。青木宣親が猛打賞だったとか、村上宗隆《むらかみむねたか》が特大の本塁打を放ったとか、原樹理《はらじゅり》がついに覚醒したとか、あるいは小川泰弘《おがわやすひろ》がノーヒットノーランを達成したとか……いや、あれは八月十五日の対ＤｅＮＡ戦だから違うな……」

「お父さ……いえ、警部、それは野球の話！　ていうかヤクルトの話じゃありませんか！」

意識的に脱線していく父親を、つばめが一喝する。だが意外なことに——

「ん、野球!?」と呟いた島谷の表情が、たちまち一変した。「そ、そういえば！」

「そういえば、何かね？　今期不振の山田哲人が起死回生の一打とか……？」

「違います。ヤクルトの話ではありません」島谷は勝男の戯言を遮ると、真剣な表情をつばめに向けた。「ヤクルトではなく、ロッテの話です」

「…………」べつに飲料やお菓子の話ではあるまい。「ロッテって、千葉ロッテマリーンズのことですか。千葉ロッテが、どうしました？」

怪訝な思いで問い掛けるつばめに、島谷は説明した。

「意識を回復した私が現場から慌てて逃走した、その直後のことです。住宅街を小走りする私の前方に、パトロール中らしい制服巡査の姿が見えました。巡査はこちらに向かって、ゆっくり歩いてきます。私は恐怖を覚えて、咄嗟に周囲を見回しました。そして目の前に偶然あった中華料理店に飛び込んだのです。もちろん初めて入る店です。店内には地元の常連さんなのでしょう、数名の客がいて昼間からビールなど飲んでいます。カウンターの中では店の主人が退屈そうにしていました。私は普通の客を装いながら、片隅のテーブル席に座りました。そして財布の中身と相談して、天津飯《てんしんはん》のみを注文しました。表にいる巡査が何事もなく通り過ぎることを祈りながらです」

「ふむ、ちっともヤクルトの話にならないようだが……？」

「ヤクルトじゃありませんよ、警部。ロッテの話ですよ！」

「ロッテの話にもなってないぞ。中華料理店にガムは置いてないだろ」

「ガムの話じゃありません。野球の話です！」島谷はピシャリといって続けた。「その中華料理店に古いテレビがありましてね。野球中継が映し出されていました。それが千葉マリンスタジアムのロッテ戦だったんです」

「おいおい、君ぃ、嘘をついてはいけないなぁ」

「嘘じゃありません、刑事さん！」島谷は椅子から腰を浮かせて訴えた。「あれは間違いなく千葉ロッテのホームゲームでした。てことは千葉マリンスタジ……」

「ZOZOマリンスタジアムだ。いまは千葉マリンスタジアムという名称ではない」

「んなこと、どっちだっていいでしょ！」力が抜けたように島谷はドスンと椅子に座りなおす。そしてボヤくようにいった。「そんなの、どうせ何年か経ったら、また違う名称になって忘れられてますよ。実際ちょっと前まで『QVCマリンフィールド』って名前だったけれど、いまじゃ誰も覚えてないじゃありませんか。要するに私がいってるのは、千葉県の幕張にある、あの球場ですよ。海のすぐ近くにあって円形をしていて照明塔がなくて風が強くてライトスタンドだけ満員になりがちな、あの千葉マリンです」

「うむ、確かにZOZOマリンよりも千葉マリンのほうが一般には通りがいい。QVCマリンフィールドという名前は、私もすっかり忘れていたよ。――で、千葉マリンのロッテ戦がどうかしたのかね？」

勝男がようやく話を戻すと、島谷は身を乗り出していった。

「ちょうどそのとき、試合が中断していたんですよ」

「中断⁉　雨でも降っていたのかね。あるいは乱闘騒ぎか何か……」

「いえ、私も不思議に思ってテレビを観ていたんですがね。どうやら中断の原因は西日だったようです。西日が眩しすぎてボールが見えない――ってバッターが訴えたんでしょうね。それで審判がしばらく試合を止めたみたいです。もっとも、僕がテレビを観ているうちに、すぐ試合は再開されましたが。——これって珍しいことですよね、刑事さん？」

もちろん珍しい出来事である。事実、西日で中断になったその試合は、当日のテレビや翌日のスポーツ新聞が、こぞって取り上げる大ニュースとなったのだ。だから、つばめもその珍事には覚えがあった。——でも、あれって何月何日の試合だったかしら？

すると、こと野球に関しては誰よりも記憶力のいい勝男が、嬉しそうにパチンと指を弾く。そして弾いた指を目の前の容疑者に真っ直ぐ向けながら、

「十一月三日、文化の日におこなわれたデーゲーム、千葉ロッテ対ソフトバンク戦だ」

そう断言した勝男は、慎重に言葉を選んで続けた。

「すなわち、小柳博人氏が殺害されたのは十一月三日の午後ってわけだな。もちろん、君の供述が真実だとすれば——の話だがね」

4

調べてみると現場付近に中華料理店は一軒しかない。『昇龍軒《しょうりゅうけん》』という名の店だ。神宮寺親娘は、さっそくその店を訪れて、店主や常連客に聞き込みをおこなった。

店の主人は十一月三日の千葉マリンスタジアムでの珍事を、よく覚えていた。店のテレビでその光景が映し出されているタイミングで、いきなり中年男性が店に飛び込んできたことも、ちゃんと記憶に留めていた。そこで、つばめが島谷則夫の写真を示すと、店主は深く頷きながら、

「ええ、似てます」と答えた。「確か天津飯を注文された人ですね」

店主の証言は、島谷の供述を裏付けるものだった。やはり犯行のあった日時は、十一月三日の午後らしい。そこで、つばめは別の角度から質問を投げてみた。

「この近所に住む小柳博人さんという方をご存じですか」

そういって、つばめは被害者の生前の写真を店主に示した。それは彼の書籍の宣伝物などにも広く用いられた写真だ。キリッとした目許が知的な印象を与える。顎のラインは細くて、どこか女性的だ。全体的には、まずイケメンと呼んで差し支えない顔の造りである。

その写真を見るなり店主は、

「ああ、亡くなった作家さんですね。うちの店にも、よくいらっしゃってましたよ」

「ご存じなんですね。では、お尋ねしますが、小柳さんと最後にお会いになったのは、いつのことでしょうか」

この質問に店主はしばらく考えてから、こう答えた。「十一月三日ですね。ええ、文化の日の昼飯時です。テイクアウトの中華弁当を買いにこられました。そういえば、その前の日の晩飯時にも、やはり弁当を買いにこられたんじゃなかったかな」

「つまり十一月二日、三日と店にきて、その後はパタリとこなくなったわけですね?」

「ええ、そういうことです。間違いありません」

店主の証言を聞いて、つばめと勝男は互いに頷きあう。二人は礼をいって店を出た。

駐車中の覆面パトカーの運転席に戻ったつばめは、勢い込んで口を開いた。

「間違いないわ。島谷則夫が小柳邸に忍び込んだのは、やはり十一月三日の午後。そのとき小柳氏を殺害した犯人は、まだリビングにいたのね。そこで犯人は小柳氏殺害に用いたバットを、今度は島谷の頭上に振り下ろした。そして気絶した島谷にバットを握らせて逃走。しばらくして目を覚ました島谷は、バットに自分の指紋が残されているとは知らずに、そのまま現場から立ち去った。そして直後には制服巡査を避けるため、慌てて『昇龍軒』に飛び込んだ。――そういうことよね、お父さん？」

「うむ、ちょうどそのころ千葉マリンでは、《西日事件》の真っ只中だったわけだ」

助手席の勝男は、おもむろに自分のスマートフォンを取り出す。そして問題の試合に纏わる記事を眺めながら、呟くようにいった。「ふむ、その《西日事件》だが、正確には五回裏、ロッテの攻撃中に起こった出来事らしいな。似たような試合中断は、十月三十一日のロッテ対楽天戦でも起こっている……か」

つばめは運転席から首を伸ばして、父親のスマホ画面を覗き込んだ。「へえ、『試合中断は十四分間に及んだ』ですって。まあまあ長い時間、中断していたのねえ。――こういうことって、毎年この時期に起こることなのかしら？」

「いや、今年は特別だな。全部コロナのせいだ」

「はあ、コロナと西日とは全然関係ないでしょ？」

「とんでもない。大アリだよ。そもそも今年のプロ野球はコロナ禍のせいで、三月下旬の開幕予定が、六月十九日までずれ込んだ。リーグ戦は百二十試合制に短縮された。それでもリーグ戦がすべて終了したのは、つい先日、十一月中旬のことだ。こんなことは例年ではあり得ない。普段の年なら、十一月三日の文化の日といえば、日本シリーズが佳境を迎えているころだ。だが最近の日本シリーズはナイターだから、仮に千葉マリンが舞台だとしても、やはり西日の影響を受けることはない。要するに《十一月の初めに千葉マリンでデーゲームの公式戦がおこなわれている》そのこと自体がコロナ禍によるイレギュラーな現象ってわけだ」

「なるほど。だから例年なら問題にならない秋の西日が、今年に限っては試合を中断に追い込んだのね」納得したつばめは、前を向いて続けた。「でも、その珍事のお陰で、島谷則夫は命拾いをしたわね。どうやら彼は真実を語っているみたい。島谷の供述と店主の証言はピタリと一致しているもの」

「さあ、それはどうかな」勝男はスマホを胸ポケットに仕舞いながら、「彼の供述が一部分だけ真実だとしても、話のすべてが真実だとは限らない。島谷が自らの意思でバットを握って、小柳氏を殴り殺したという可能性は、相変わらず残っているはずだ」

「うーん、それはそうだけど……」

だが、取調室での島谷の態度には、嘘をついているような素振りは微塵も見られなかった。やはり彼は不運で迂闊なコソ泥に過ぎず、殺人犯に利用されただけではないのか。

つばめには、そう思えて仕方なかった。

そんなこんなで島谷則夫への容疑は宙に浮いたまま、神宮寺親娘の捜査は続く。やがて捜査線上に、また新たな容疑者が浮上した。出版社勤務の女性編集者で名前は中里梨絵《なかざとりえ》。この女性と小柳博人とが『大変に親密な仲だったらしい……』ということを複数の関係者が異口同音に証言したのだ。

この耳寄り情報を入手するなり、神宮寺勝男警部はニンマリとした笑みを浮かべた。

「なになに、シンミツな仲だって？　ふふん、そのシンミツの《ミツ》の字は、三密の《密》じゃなくて、壇蜜の《蜜》なんじゃないのか？」

と、サッパリ意味不明な冗談をいって、彼は満点のドヤ顔を披露。そのズバ抜けたワードセンスは、傍で聞いていたつばめを大いに赤面させた。――お父さん、恥ずかしいから、その駄洒落だけはやめて！

だが、親密の密の字がどうであろうと関係ない。とにかく中里梨絵本人と直接会って話を聞いてみる必要がありそうだ。そこで神宮寺親娘は、さっそく『真相社』という中堅出版社を訪ねた。小柳博人の作品を数多く出版している出版社だ。中里梨絵はその文芸部に所属しており、長年にわたって彼の担当編集者を務めているのだ。

つばめと勝男は会社の応接室に通され、そこで中里梨絵と対面した。グレーのパンツスーツを身に纏った彼女は、三十七歳という年齢よりも遥かに若く見える美貌の女性。黒縁の眼鏡がよく似合っている。背中にかかる黒髪は、濡れたような艶を放っていた。

深々と一礼した彼女はソファに腰を下ろすなり、沈鬱な表情で眸を伏せた。

「小柳先生がこのような目に遭われるなんて、いまでも信じられません……どうぞ、何でもお尋ねください、刑事さん。私に判ることでしたら、すべてお話しいたしますから」

「ならば、さっそく」と口を開いた勝男は、すべての順序という順序、段取りという段取りをいっさい無視してズバリと尋ねた。「中里梨絵さん、あなたは十一月三日の午後、どこで何をしていましたか？」

――え、いきなり、それ⁉　質問が雑すぎない、お父さん⁉

呆れて言葉もないつばめをよそに、目の前に座る美女は平然とした態度だ。

「あら、アリバイ調べですか。ひょっとして、この私に疑いが掛かっているとか？」

「いやー、そーいうわけでは、あーりませんがねー」勝男は絶望的に下手クソな芝居で精一杯トボけると、「で、いかがです？　十一月三日、文化の日の午後。もっと正確にいうなら、その日におこなわれていたロッテ対ソフトバンク戦の五回裏あたりなんですがね」

「え⁉　なんですか、それ……って、いいたいところですけど」中里梨絵は悪戯《いたずら》っ子のような笑みを浮かべながら、意外な言葉を口にした。「実は私、偶然その試合を観ていました。西日で一時中断した、あの試合のことですよね」

「ほう、ご存じでしたか。ちなみに、どこでご覧になっていたのですか」

「現場です」

「え、現場!?」咄嗟に勝男の声が裏返った。「で、では小柳邸のリビングで!?」

「まさか。違いますよ、刑事さん。――現場ですよ。《西日事件》の現場!」

「え、ということは千葉マリンスタジアム?」勝男が驚きの声を発すると、

「いいえ、ZOZOマリンスタジアムです!」中里梨絵が素早く訂正する。

「………」やれやれ、ネーミングライツというものは、なんと面倒くさいのだろうか。つばめは思わず「ハァ」と溜め息を漏らした。――これならいっそファンの間でのみ『幕張球場』みたいな名前で統一したほうが、判りやすいんじゃないかしら?

だが球場の正式名称など、いまは問題ではない。つばめは二人の会話に口を挟んだ。

「つまり、中里さんは十一月三日のロッテ戦をスタジアムで観戦していたんですね? あなたはマリーンズのファンなのですか」

「はぁ!? 私が!? マリーンズファンか、ですって!?」プライドを傷つけられたのか、美人編集者は黒縁眼鏡を指先で押し上げながら、憤りの声。「そんなわけありませんわ! 私はもちろんホークスファンに決まってます!」

「……いや、べつに決まってはいないですよね?」

「決まってますよ! だって私の推しは『マッチ』こと松田宣浩《まつだのぶひろ》なんですから!」

「………」知りませんよ、あなたの推しが誰かなんて! つばめは心の中で抗議の声をあげながら、「ちなみに野球観戦はおひとりで? それとも……」

「ホークスファンの友人と一緒でした。彼女の推しは『お化けフォーク』の千賀滉大《せんがこうだい》です」

ああ、そうですか――「試合開始から試合終了まで、ご覧になった?」

「ええ、もちろん。ホークスが勝ちきる瞬間まで見届けました。もちろん例の《西日事件》も、この目でハッキリと。三塁側内野席に陣取る私たちまで目がくらむような、それはもう燃えるような西日でしたわ。友人が証人になってくれるはずです」

「なるほど、そうでしたか」と呟くようにいって、つばめは口を噤んだ。

犯行があったとされる十一月三日の午後、西に傾いた秋の太陽が千葉マリンを照らすころ、中里梨絵はまさにその西日を受けながら、友人とともに野球観戦に興じていたらしい。

仮にそれが事実だとするならば、彼女が同じ時間帯に小柳邸のリビングにて小柳博人氏を殺害し、さらに島谷則夫を昏倒させるなどという芸当は到底できるはずがない。

沈黙するつばめと勝男を前にして、中里梨絵は勝ち誇るような笑みを浮かべた。

「刑事さんたちは、私と小柳さんの仲を邪推なさっているのでは?　そして私が彼との痴話喧嘩の果てに、小柳さんを殺してしまったと、そう疑っていらっしゃるのでは?」

「………」まさに図星である。刑事たちは揃って黙り込むしかない。

中里梨絵は憤慨した口調でいった。「だとするなら、それは見当違いですわ。そもそも私と小柳さんは、そのような仲ではありません。――他を当たられたら、いかがですか?」

そういって胸を張る美人編集者に、つばめは何も言い返す術《すべ》がなかった。

『他を当たられたら……』という中里梨絵の提案を受け入れたわけではないが、神宮寺親娘は他に容疑者たり得る人物がいないか、その可能性を真面目に検討することにした。

中里梨絵の主張するアリバイが、彼女の親しくする《千賀推しの友人》によって、一分の隙もなく立証されたからである。

つまり中里梨絵は無実。捜査は振り出しに戻ったというわけだ。

そこで神宮寺親娘はひとりの男性から話を聞くことにした。彼の名は大園正志《おおそのまさし》。被害者の母方のいとこに当たる人物だ。小説家の小柳博人と打って変わって、いとこの大園正志はお堅い会社員。とある広告代理店で総務課職員として勤務している。現在独身で、その自宅は神宮外苑に程近いマンションの一室だという。刑事たちは、さっそく彼のマンションを訪ねた。

共用玄関のインターフォン越しに面談を申し出る。するとスピーカーから「すみません、いまは忙しいので……」と申し訳なさそうな声。そこをなんとか——と勝男が懸命に食い下がると、やがて根負けした彼は、こう提案してきた。「では夕方六時に、僕の行きつけの店にきていただけませんか。そこでなら、ゆっくりとお話ができると思います。神宮球場から歩いていける距離にあるベースボール・バーなんですがね」

「ん、球場近くの……!?」

「ベースボール・バーって……⁉」

思わず顔を見合わせる刑事たちに、スピーカー越しの声がお馴染みの店名を告げた。

そうして迎えた約束の午後六時。神宮寺親娘は指定された店を訪れた。知る人ぞ知るベースボール・バー、その名も『ホームラン・バー』である。何を隠そう、つばめたちがこの店での聞き取り調査に臨むのは、これで五年連続五回目。もしこれが夏の甲子園大会ならば、神宮寺親娘はもう立派な《常連校》扱いだろう。

ちなみに『ホームラン・バー』は店名からも判るとおり、野球好きが夜な夜な集っては熱く濃い野球談議に現《うつつ》を抜かして盛り上がる都心のパラダイス（あるいは異世界）。しかも日本シリーズの開幕を間近に控えたこの時期のこと。今宵もまた多くの野球狂たちが、シリーズの勝敗予想を酒の肴《さかな》にしながら盛り上がっているに違いない。

そう思って店の玄関扉を開けてみたところ――

「おや⁉」たちまち勝男の口から、肩透かしを食らったような声が漏れた。「なんだ⁉　この店、今日は休業日なのか⁉」

勝男が首を傾げるのも無理はない。とっくにオープンの時刻を迎えながら、店内はガラガラの開店休業状態。さながら昭和の川崎《かわさき》球場に迷い込んだかのような錯覚を覚えるほどだ。

だがカウンターに目をやると、そこにはバーテンダー姿のマスターの姿。彼は刑事たちのほうに向きなおると、「いらっしゃいませ」と恭しく一礼。そして即座に勝男の勘違いを正した。「いいえ、休業日ではありませんよ。――最近は毎日こうなのです」

その言葉に、つばめはハッとなった。――そうだった。『ホームラン・バー』といえども、要は飲食店。しかも業態上、夜の営業をメインとせざるを得ない店なのだ。だが現在のコロナ禍において、大声での会話を伴う夜の飲食は感染拡大の元凶と見なされている。そして『ホームラン・バー』は、まさしく野球好きが大声で騒ぐために存在するような店。そのイメージゆえに客足が遠のいたのだろう。店には閑古鳥が鳴いているのだ。

そう思って見ると、閑散とした店内はこの一年の間に随分と寂れてしまった印象。気のせいか、マスターの顔も若干やつれたように見える。つばめは心配になって尋ねた。

「大丈夫なんですか、マスター？」

「大丈夫ですとも。問題はありません。座席数を減らしたので、ソーシャルディスタンスは保たれています。カウンター席は透明なアクリル板で仕切られています。従業員は検温と手指の消毒を欠かしませんし、一時間おきに店内の換気を徹底しておりますから……」

「いえ、あの……そうではなくて、この店の経営が大丈夫なのかなぁ……と」

「あ、ああ、そっちの心配ですか。そっちは、そのぉ……はぁ……」

「え、大丈夫じゃないんですか!?」

「おいおい、それは困るぞ、マスター！」

そういって勝男は愛用の鞄の中に、いきなり腕を突っ込む。取り出したのは、どれほど困難な捜査においてもけっして手放すことのない、彼の心のよりどころ。スワローズの応援ユニフォームだ。勝男は背広姿のままユニフォームに袖を通しながら、「――万が一、この店がなくなったら、我々ファンが悲しむじゃないか！」

勝男の言葉に、マスターはぐすんと鼻を鳴らす。つばめたちは、せめて売り上げの足しにと、揃って一杯五百円のノンアルコールビールを注文。泡立つグラスを受け取ると、あらためて薄暗いフロアを見回した。

すると片隅のテーブル席に、紺色のセーターを着た男性の姿を発見。男性はビールのジョッキを片手に、ひとり呑みの真っ只中《まただなか》らしい。テーブルには鶏のから揚げやオニオンリング、マルゲリータピザなどといった料理の皿が所狭しと並べられている。

刑事たちの姿を目にするなり、男性は髭についたビールの泡を手の甲で拭う。そして、その手を挙げて自らの存在をアピールした。

「やあ、ここです、ここ！　先ほどの刑事さんですよね。――大園です」

愛想よく挨拶する大園正志は野太い声。分厚い唇と口髭がワイルドな印象だ。それでもやはり親戚だけあって、キリッとした目許などは写真で見る小柳博人によく似ていた。

そんな大園はパンツスーツ姿のつばめを指差しながら、「え、あなたが警視庁の刑事さん!?へえ、見えませんねえ」と意外そうな表情。それから隣に佇む中年男性を指差すと、「じゃあ、こっちの人は？　え、この人も刑事さん？　へえー、ぜーんぜん見えませんねえ！」

といって大笑い。つばめは思わず苦笑いだ。

「まあ、そうでしょうねえ」――スワローズのユニフォームを着た中年男が刑事に見えたなら、そっちのほうがよっぽど変だしね！

　つばめと勝男は距離を保って、彼の正面の椅子に腰を下ろした。大園はジョッキのビールをグビリと飲むと、自ら本題に移った。「それで刑事さん、僕に聞きたいことというのは？　ひょっとして僕にも殺人の容疑が掛けられているとか？」

「いえいえ、これはほんの形式ばかりの捜査に過ぎません」勝男は顔の前でヒラヒラと片手を振って続けた。「ただ、聞くところによると、あなたは小柳博人氏とは、まるで兄弟のように親しい仲。そればかりではなく、ミステリがお好きなあなたは、小柳さんの創作の手伝いもなさっていたのだとか。いわば作品の共同制作者だ。――これは事実ですか」

「創作の手伝いだなんて、おこがましい。ときどき思いついたアイデアを喋って、お小遣いを貰っていただけですよ。兄弟のように親しかったというのは事実ですが、共同制作者というのは買い被りすぎですね。僕は作家じゃなくて、単なる会社員に過ぎませんよ」

「そうですか。では被害者と親しかったあなたにお尋ねしますが、小柳博人氏に恨みを持つ人物、あるいは彼とトラブルになっていた人物などに心当たりは？」

「さあ、よく知りませんねえ。博人さんは孤独を愛するタイプで、あまり他人と交わらない様子だった。その分、他人から恨みを買うケースは少なかったと思いますよ」

「ならば逆に、小柳氏と親しくされていた方に心当たりは？」

「そうですねえ、中里梨絵さんという女性編集者とは、特に仲が良かったようですよ」

「ふむふむ――他には？」

勝男が話を促すと、大園の顔にふと逡巡《しゅんじゅん》するような表情。そして彼は声を潜めると、

「ここだけの話ですが、博人さんには密かに交際中の女性がいましてね。本当に、ここだけの話ですよ。誰にもいっちゃいけませんよ。その交際相手というのが、なんと最近人気の女優、鷹宮マミなんですよ。——どうです、刑事さん？」

「ああ、そうですか。——で、他には？」

「リアクション、薄ッ！」たちまち大園の顔面に落胆の色が滲んだ。「なんですか、もう！　せっかく、こっちはとっておきの情報を伝えたつもりなのにぃ！」

不貞腐《ふてくさ》れるように唇を歪める大園正志。だが文句をいわれても困る。鷹宮マミと被害者の関係については、とっくに警察も把握済みなのだ。そこで、つばめが話題を転じた。

「あなたが生前の小柳氏と最後にお会いになったのは、いつのことでしょうか」

「十一月の初め、たぶん二日の夜ですね。会社帰りに僕のほうから彼の自宅を訪ねたんです。なに、どうってことない雑談ですよ。それこそ、思いつきのアイデアを聞いてもらっただけ。一時間ほど喋って帰りました……まさか、それが博人さんとの最後の会話になるとは……想像もしませんでした……」

「ふむ、十一月二日の夜か」そう呟いたのは勝男だ。「事件が起こる前の晩だな……」

「え、そうなんですか。では博人さんが事件に遭ったのは、十一月三日？」

「ええ、そのようですな。三日の午後、千葉マリンが西日に燃えていたころです」

「はぁ、千葉マリンって!?　なぜ、ここで野球場の話が……」

「お気になさらないで。こっちの話ですから」と慌ててつばめが口を挟む。そして話の流れに乗じるように尋ねた。「ちなみに、あなたは十一月三日の午後、どこで何を？」

この問いに、大園正志は肩をすくめるポーズで答えた。

「おや、アリバイ調べですか。しかし十一月三日といえば祝日ですよね。だったら僕は、ひとりで自宅にいたはず。アリバイと呼べるものは、きっとどこにもないでしょうねえ」

どこか他人事《ひとごと》のようにいって、彼はオニオンリングをひと切れ、口に運ぶ。そしてジョッキのビールでそれを喉へと流し込む。彼の食べっぷりは、胸がすくほど豪快だった。

それからしばらくの間、神宮寺親娘は大園正志に対して質問を繰り返した。

だが、これといった収穫のないまま、刑事たちの質問の矢は尽きた。二人は互いに目配せすると、「では我々はこれで……」「お食事中、失礼しました……」といって席を立つ。

テーブルに並んだ皿には、まだまだ多くの料理が残っている。大園の夕食タイムは、いましばらく続くらしい。「あまり捜査のお役に立てず、申し訳ありませんでしたね」

申し訳なさそうにいう大園をテーブルに残して、刑事たちは揃ってレジへと向かった。

ノンアルコールビール二杯分の代金を払うと、あらためて勝男はカウンター席を見やる。そして、ふと残念そうな声をあげた。「今夜はきていないようだな、あの娘……」

「あの娘!? ああ、あの赤い眼鏡の……」

呟きながら、つばめも何だか物足りない気分を覚えた。この店を訪れた時点で、彼女も心のどこかで期待していたのだ。カウンター席に陣取る赤いユニフォームを。背番号『！』のあの真っ赤な背中を。だが、そうそう偶然が重なるわけもない。それに――「このご時世だから、きっとあの娘も自粛してるのよ。お酒は家で飲んでいるんだわ」

そういって回れ右したつばめは、店の玄関へと右手を伸ばす。だが一瞬早く、目の前の扉が勢いよく開かれた。驚いて右手を引っ込めるつばめ。その視線の先には、燃えるような赤いユニフォーム。それを身に纏うのは、赤い眼鏡を掛けた若い女性だった。

胸には筆記体で書かれた『Ｈｉｒｏｓｈｉｍａ』の文字。頭上に赤いカチューシャ。口許を覆う赤いマスクにさえ、小さな『Ｃ』のマーク。誰がどう見てもカープ女子と判る特殊な外見。その姿を見るなり刑事たちの口から、ほぼ同時に「あッ」という声が漏れた。

二人は赤い眼鏡のカープ女子を店内に引っ張り込む。そして戸惑う彼女を両側から挟み撃ちにするような体勢で、揃って歓喜の声をあげた。

「ちょうど良かった。君に会いたいと思っていたんだ！」

「ホント奇遇だわ。また今年もあなたに会えるなんて！」

すでに説明したとおり、神宮寺親娘が『ホームラン・バー』を訪れるのは、五年連続五回目。そして過去四回の来訪の際、そこには常に赤い眼鏡のカープ女子の姿があった。そんな彼女は、つばめたちから難事件の詳細を聞いただけで、たちどころに縺《もつ》れた謎を解き明かして事件を解決に導く、凄腕の素人探偵でもあった。カープ女子と遭遇するなり、刑事たちが歓声をあげたゆえんである。

赤い眼鏡の彼女がカウンター席に腰を下ろすと、つばめと勝男はその両側の席に陣取った。直後にカープ女子は「ハァ」と小さく溜め息を漏らしながら、「どうやら、その様子だと、また難しい事件に頭を抱えていらっしゃるようですわね」

独特の丁寧すぎる口調で問い掛けてくるカープ女子。勝男は即座に頷いた。

「うむ、実はそのとおりなのだよ、神津テル子君……じゃなかった田中菊マル子……でもなくて連覇タエ子か……えーっと、確かそういう名前だったよな？」

「お父さん、それは昨年までの名前よ」つばめはカープ女子のほうに視線を移して、彼女に直接問い掛けた。「ねえ、今年はあなたのこと、何と呼べばいいのかしら？」

「そうですわねえ」彼女はしばし考えてから、滔々《とうとう》と捲し立てた。「今年のカープは佐々岡《ささおか》新監督を迎えて心機一転、新たなスタートを切ったもののシーズン当初から苦しい戦いぶりでしたわね。投手陣が不安定で、特に中継ぎ陣がボロボロ。おまけに大瀬良《おおせら》や野村《のむら》といった主力投手も故障で離脱してしまい、新人の森下《もりした》ばかりが目立つ有様でした。打線も打つことは打つものの、カープ伝統の機動力野球が鳴りを潜めてしまって、肝心の得点力はいまひとつ。結局、セ・リーグ五位でシーズンを終えてしまいました。三年連続リーグ制覇の後、これで二年連続のBクラス。まるで黄金時代から一転して、かつての暗黒時代に逆戻りしたかのような印象ですわ。だから、そう――わたくしのことは『暗黒時代』と書いて『暗黒トキ代《よ》』とお呼びくださいな」

「あ、『暗黒時代』って……君、それはあまりに自虐が過ぎるんじゃないか？」

「ホントだわ」勝男の言葉に、つばめも完全に同意した。「二年連続Bクラスのカープが暗黒時代なら、二年連続ぶっちぎりで最下位のスワローズは、いったい何時代なのよ？」

「さあ、何時代ですかしら……《氷河期》とか？」

「うッ……」トキ代の辛辣すぎる物言いは、文字どおり一瞬で勝男を凍りつかせた。

だが確かに彼女のいうとおり。今年のスワローズは、つば九郎の嘴《くちばし》さえも凍りつくほどの過酷な氷河期を迎えて、舞い上がる兆しさえ見出《みいだ》せなかった。が、それはともかく——

トキ代は悪びれる様子もなく続けた。「で、刑事さん、いったいどんな難事件ですの？　もしそれが野球に纏わる事件でしたら、この暗黒トキ代が力をお貸しいたしますわよ」

「そうか、それは頼もしい。——おい、マスター、この娘に『レッド・アイ』を！」

ビールをトマトジュースで割った赤いカクテルは、このカープ女子の好物とするドリンクである。やがてマスターが赤い液体で満たされたグラスを彼女の前に差し出す。それを待って、勝男は事件の詳細を語りはじめた——


やがて勝男の話が一段落すると、赤い眼鏡のカープ女子、暗黒トキ代はひとつ大きく頷く仕草。

「要するに……」といって彼の話を簡潔に纏めた。「小柳邸に侵入したコソ泥、島谷則夫がリビングで死体を発見したのは十一月三日の午後。その直後、彼は犯人に殴打されて気を失った。ちょうどそのころ、容疑者と目される編集者、中里梨絵は千葉マリンスタジアムにいたため、完璧なアリバイが成立。その一方で、島谷則夫が嘘の供述をしているとも思えない。結果、捜査は壁にぶつかってしまった。——そういうことですわね？」

「ああ、そうだよ。君のいうとおりだ」

「ねえ、何か判りそうかしら、タエ子さん……じゃなかった、トキ代さん？」

「ええ、もちろんですとも」トキ代は早々と宣言するように声を張った。「今回の事件、わたくしには、もうすっかり見えましたわ！」

「な、なんですって⁉」つばめは思わず耳を疑った。「すっかり見えたって……それじゃあトキ代さん、あなた、この事件の犯人が判ったっていうの？」

「そういうことです」といって、トキ代はいきなり結論を告げた。「犯人はやはり編集者の中里梨絵だったのですわ」

「え⁉　だけど、その人には完璧なアリバイが成立しているのよ」

「そうだぞ、君。中里梨絵は事件のあった日の午後、千葉マリンスタジアムで友人と一緒に野球観戦に興じていた。例の《西日事件》を、彼女は現場で見ていたんだ。友人の証言も、それを裏付けている。そんな中里梨絵が、どうして同じ日の同じ午後に、小柳邸での犯行に及ぶことができるのかね？　そんなこと、まったく不可能じゃないか」

「ええ、同じ日の同じ午後ならば、確かにそれは不可能ですわね」

「ん⁉　というと……」

首を傾げる勝男の隣で、トキ代は淡々とした口調でいった。「違う日なのですわ」

「違う日⁉　えッ、それはどういう意味かね⁉」

「あら、刑事さんも野球好きなら、ご存じなのではありませんこと？　今年の秋、千葉マリンのロッテ戦において、《西日事件》は二度起こっているということを」

「そのことなら、もちろん知っているとも。最初に起きたのは十月三十一日の楽天戦。そして二度目が十一月三日のソフトバンク戦だ。――え!? お、おい、君、まさか!?」

「ええ、その『まさか』ですわ、刑事さん！」暗黒トキ代はズバリと勝男の顔を指差して断言した。「島谷則夫が小柳邸に忍び込んだのは十一月三日の午後ではありません。それは十月三十一日の午後だったのです。そして、そのときすでに小柳博人氏は、頭から血を流してリビングに横たわっていた。すなわち彼が殺害されたのは、十月三十一日だったのですわ」


連覇タエ子改め暗黒トキ代の語った意外な推理。それを耳にするなり、神宮寺親娘は啞然《あぜん》として言葉を失った。いままで十一月三日の犯行だと思われていた今回の事件。だが、それはこの秋、二度にわたって繰り返された《西日事件》によって引き起こされた勘違い。真の犯行日時は十月三十一日の午後であると、トキ代はそう主張しているのだ。


確かに、被害者の死体は腐敗が進行していたこともあって、正確な死亡日時を割り出すことは困難な状態だった。あの変死体を見て、それが十一月三日に殺害されたものか、あるいは十月三十一日なのか、それを見極めることは専門家にも難しかったはず。その意味でトキ代の推理には、なるほどと思わせるような信憑性《しんぴょうせい》が感じられる。だが――

「ちょっと待ってよ。それって変じゃないかしら」

つばめは反論を口にした。「トキ代さん、あなたは島谷則夫が小柳邸に忍び込んだのは、十月三十一日の午後だというのね。でも『昇龍軒』の主人は十一月三日の午後に、店に飛び込んできた島谷のことを覚えているのよ。これは、どういうことなの？」

「別人ですわ」

トキ代は大胆に言い切った。「店の主人が記憶に留めている一見客は、実は島谷則夫ではなかった。よく似た別人だったのですわ。本当の島谷が『昇龍軒』を訪れたのは十月三十一日のこと。しかし刑事さんたちは、主人に十月のことを聞いたのではなく、十一月初めのことを尋ねた。そのため主人は十一月三日の午後に店を訪れた客のことを話した。それを聞いて刑事さんたちは、その客こそが島谷に違いないと勘違いした。そういうことですわ」

「え、別人……勘違いって……？」

つばめはなんだか腑に落ちない気分。すると勝男が別の角度から反論を述べた。

「『昇龍軒』の主人は、十一月三日の昼に弁当を買いにきた小柳氏の姿を見ている。その前日、二日の晩飯時にもだ。もし君がいうように、十月三十一日に小柳氏がすでに殺害されていたとするなら、この二日間、弁当を買いにきた人物はいったい誰なんだ？」

「えッ……あ、それは……」瞬間、トキ代の顔に動揺の色が滲む。

つばめはハッとなって口を開いた。「そうよ。それに鷹宮マミだって、帰省先の宮崎からリモートで小柳氏と会話を交わしたといっていたわ。それが十一月三日の午前だったはず。十月三十一日に小柳氏が死んでいたなら、鷹宮マミは幽霊と会話したってことになるわよ」

「あ……あれえ……えーっと……」

トキ代はオドオドと視線を宙にさまよわせる。指摘された矛盾点について、何ら有効な反論を示すこともないまま、ほとんどシドロモドロといった態だ。——あれ、神津テル子って、こんな間抜けな探偵だったかしら？　いや、田中菊マル子にしろ連覇タエ子にしろ、名前はどうあれ、彼女はもっとレベルの高い推理を語っていたような気がするけど？

と、つばめが首を傾げた、そのとき——

「その女に騙《だま》されてはいけませんわ、刑事さん！」

いきなり背後から響いてきたのは、若い女性の声だ。その声その語尾その口調に、つばめは確かな聞き覚えがあった。「えッ!?」と思った次の瞬間、背後からニューッと現れたのは女性の手。それは隣に座る暗黒トキ代の顔のあたりに伸ばされたかと思うと、彼女の口許を覆った赤いマスクを一瞬の早業で「えいッ」と引き剝がした。

「きゃあッ」あられもなく悲鳴をあげるトキ代。

だが露になったその素顔を見るなり、今度はつばめと勝男が驚きの声をあげた。

「あッ……あなたは……誰なの？」

「違う女だ。君、神津テル子じゃないな！」

もちろん田中菊マル子でもなければ連覇タエ子でもない。よく似てはいるが、それは口許を覆うマスクがあればこその話。それを剝ぎ取られたいま、暗黒トキ代を名乗る彼女が、過去四年にわたって名推理を披露してきた、あの赤い眼鏡のカープ女子と別人であることは一目瞭然だった。

——うーん、どうりで推理が大雑把だったわけね！

ようやく納得したつばめは、あらためて椅子の上で身体を捻り、後ろを振り返る。

そこに佇むのは、これまた赤い眼鏡に赤いカチューシャのカープ女子だ。彼女は奪い取ったマスクをカウンターに叩きつけると、自ら赤いマスクを外して、その素顔を刑事たちの前に晒す。

それから彼女はクルリと回れ右。真っ赤なユニフォームの背中に描かれた背番号『!』と『SLYLY』の文字を誇らしげに示した。

どうやら今度は間違いない。彼女こそは正真正銘の名探偵。過去四年、つばめたちの前で切れ味鋭い推理を語ってきた赤い眼鏡のカープ女子だ。ということは――

「えーっと、じゃあ、こっちの《贋物《にせもの》》カープ女子は、いったい誰なわけ?」

つばめの問い掛けに《本物》が答えた。「ごめんなさい。それ、わたくしの妹ですわ」

そして彼女はカウンター席でうなだれる妹に向かって、一気に捲し立てた。

「ほれ、ボーッとしとらんで、さっさとそこどきんさい! ホンマ恥ずかしい推理をベラベラと……あんたなんて、お姉ちゃんの真似するんは、百年早いんじゃけえね!」

7

「もうッ、お姉ちゃんも、この店におったんね」「おったわ。そこの薄暗い席で、あんたの猿芝居をジーッと見とったんよ」「そうと知っとりゃ、あがーな真似せんかったのに」「文句いっとらんで、あんたはもう帰りんさい。後は私が引き受けたげるけえ」

よく似た顔、しかし明らかに違う顔をした姉妹の言い争いがフロアに響く。だが両者の力関係は歴然と差があるらしい。やがて妹は顔面を朱に染めながら、「お姉ちゃんの馬鹿ぁ！」と言い放つと、「えーん！」と泣きながら店の玄関をひとり飛び出していった。

それを見送って姉は「ホッ」とひと息。あらためて神宮寺親娘に向きなおると、気まずそうな表情でペコリと頭を下げた。「お恥ずかしいところをお見せいたしましたわ。刑事さんたちも、さぞ驚かれたのではありませんか。わたくしの不肖の妹に」

「いや、広島弁ッ！　妹さんじゃなくて、あんたの広島弁に心底驚いたぞ！」

「ホントだわ。しかも物凄くネイティブな広島弁だったたみたい……」

想像するに、このカープ女子は東京暮らしの中で、先ほどのベタな広島弁を出さないために、彼女独特の丁寧過ぎる口調を身につけたのだろう。出会って五年目にして、つばめはようやくこのカープ女子の秘密の一端を知れた気がした。

が、当のカープ女子は「広島弁？　さあ、何のことですの？」とすっとぼけた顔。さっきまで妹が座っていた席に自ら腰を下ろすと、妹が口をつけなかった『レッド・アイ』をひと口飲んで、「話は聞かせていただきましたわ。お髭の男性との面談も、殺人事件の詳細も、妹の雑すぎる推理も、すべてフロアの隅っこの席にジッと座りながら」

「なぜ、そんな隅っこに座るのかね？　いままではカウンター席だったのに」

「だって今年のカープの成績では、カウンター席で堂々と飲んでいられませんわ」

「いやいや、昨年だって似たような成績だっただろ」

「昨年は、まだリーグ三連覇の余韻がありましたから……」

今年はその余韻すら消え去ったということらしい。が、それはともかく──

つばめはさっそく彼女に尋ねた。「とにかく、そういうわけで事件は壁にぶつかっているの。あなたの知恵を貸してもらえるかしら、トキ代さん？」

「え!?　わたくしのことも、その名前で呼ぶのですか。『暗黒時代』と書いて『暗黒トキ代』と!?　わたくし、いまのカープが暗黒時代に逆戻りしたとは思っておりませんのに……」

「まあまあ、面倒くさいから暗黒トキ代でいいじゃないか」勝男はアッサリと呼称問題にケリを付けて、話を事件に戻した。「で、先ほどの妹さんの推理だが、あれは名探偵であるお姉さんに成りきって語った偽りの推理。要するに、口からでまかせだったわけだな？」

「ええ、到底真実とは呼べないものですわね。──ただし！」

「ただし──何だね？」

「妹の推理がすべて無意味だったわけでもありませんわ。彼女のアホな振る舞いによって、わたくしの脳裏にひとつの閃きが舞い降りたことも、また事実なのですから」

「え、『アホな振る舞い』ですって!?」いったい、どの振る舞いのことかしら、とつばめは首を傾げた。いまとなっては、すべてが馬鹿げた茶番だったとしか思えないが──「どういうことなの、トキ代さん？」

「先ほど刑事さんたちは店を訪れたアホな妹を見るなり、それをわたくしであると勘違いなさいましたわね。そんなお二人の勘違いに乗っかる形で、妹はわたくしに成りすましてアホな推理を披露したのですわ」

「ええ、そうだったわね」でも、そんなにアホアホいわなくてもいいんじゃないの？

思わず苦笑いするつばめの隣で、トキ代は淡々と続けた。

「ではなぜ、妹のアホな振る舞いは可能になったのか。ポイントはマスクですわ。コロナ禍によって、外出中のほぼ全員が装着するようになったマスク。それこそが妹の成りすましを可能にしたのです。そして、それは今回の事件についても実は同様。容疑者の完璧なアリバイもまた、マスクによって成立しているのですわ。――刑事さんたちは、お気付きになられませんでしたか。あのお方の様子がたいそう不審だったことに」

「え、あのお方って……誰のことよ？」

「彼ですわ」トキ代は声を潜めていった。「ほら、少し前まで刑事さんたちとテーブル席でお話しされていた、あの髭の男性。被害者のいとこの方ですわ」

「大園正志のことね」つばめも声を潜めて、「でも彼の何が不審だっていうの？」

「わたくしは彼と刑事さんたちの面談の様子を、隅っこの席から眺めておりました。だから間違いなく断言できるのですが、彼はお二人の前で、とうとう一度もマスクを装着しなかったのです。もちろん飲み食いするために、マスクは外さざるを得ない。確かに、それはそうでしょう。ですが、果たしてそれだけですかしら。わたくしの目に彼の姿は、むしろマスク姿を見られることを嫌がっている。そのように映りました。マスクをしない口実として彼は終始、飲み物や食べ物を口に運んでいた。――そうではありませんか？」

「うッ、いわれてみれば……」つばめは思わず眉間に皺を寄せた。

確かにトキ代のいうとおり、大園正志はつばめたちの前でマスク姿を一度も見せなかった。彼はつばめたちより先に店にきていて、すでに飲食を始めていた。口髭を泡で汚しながらビールのジョッキを傾け、数々の料理を口に放り込んでいたのだ。それに、そう——

「そもそも面談の場所として、この店を指定してきたのも彼だったわね。じゃあ彼はわざわざ飲食できる場所を提案したってこと？　マスクをしなくても済むように？」

「うむ。だが、なぜマスク姿を見られることを、彼はそんなに嫌がるんだ？」

首を傾げる勝男。するとトキ代はカウンターにあった紙ナプキンを一枚手にしながら、

「それは彼がマスクをした姿を想像してみれば判りますわ。マスクによって、あの特徴的な口髭と分厚い唇が覆い隠され、その一方でキリッとした目許が強調されたならば、どうなるか。——ああ、お待ちになってくださいな！　まだ話は終わっておりませんわよ！」

唐突にトキ代が誰かを呼び止める。振り返った彼女の視線の先には、セーターを着た髭の男性、大園正志の姿があった。ようやく食事を終えたのか、彼は伝票を手にしながらレジへと向かう途中らしい。だが、このタイミングでも、やはり彼の顔にマスクはない。彼はギクリとした顔つきで足を止めると、「な、何かな、君……？」

それからのトキ代の行動は素早かった。

カウンター席から飛び降りた彼女は、「ちょっと失礼！」と形ばかり頭を下げて、大園の真後ろに回り込む。次の瞬間、彼女の両手が背後から彼の顔面へと伸ばされた。その手に握られてい

るのは紙ナプキンだ。それは瞬く間に彼の口許に纏わりつき、顔の下半分を覆い隠した。ちょうど白いマスクを装着したのと同じような状態だ。

「うぐッ……」

目を白黒させて呻き声をあげる大園。その背後からトキ代が首を覗かせながら、

「いかがですか、刑事さん。この顔、誰かに似ていませんこと？」

トキ代の指摘を受けて、つばめと勝男は揃ってカウンター席から飛び降りた。

「似てるわ。小柳博人氏にそっくりよ。——ねえ、お父さん！」

「そうかな？　そこまで似てるとも思わんが……」

「そりゃあ、ただマスクをしただけなら、そこまで似てないかもね。でも髪型を小柳氏に似せて、彼の普段着ているような服を着て、そして彼の行きつけの店を訪れたとしたなら、どう？　店の主人は当然のように、それを小柳氏だと思い込むはずよ」

「なるほど、それもそうか……」勝男は納得した様子で頷いた。「だとすると、どうなるんだ？十一月二日の夜と三日の昼、二度にわたって『昇龍軒』を訪れて弁当を買った男は、小柳氏ではなかった。その正体は小柳氏に成りすました大園正志だったということか」

「そういうことですわ」我が意を得たり、とばかりにトキ代が頷くと、

「そんなわけあるかあッ！」と大園の声がフロアに響いた。彼は口許に纏わり付いた紙ナプキンをビリビリに破り捨てながら、「勝手なことをいうな。そんなの単なる憶測だ！」

「まあ、確かに憶測には違いない」勝男はそう認めてから、「だが面白そうだから、もう少し続

けてみようじゃないか。仮に、いまいったような成りすましが事実だとしよう。その場合、小柳氏殺害は十一月三日の午後、という我々の前提は完全に崩れるというわけだ。むしろ小柳氏は十一月二日の夜より、もっと前に殺されていた可能性が高い。それは十一月一日かもしれないし、十月末のことかもしれないってわけだ」

「そ、そんなことはない……そんなことあるわけないだろ！」

罪を逃れる呪文のように、大園は口の中で言葉を呟く。

その様子を見て、つばめはこの推理が正しい方向に向かっていることを確信した。

「そうね。だとすれば十一月三日に中里梨絵が、千葉マリンで野球観戦しようが友人と一緒にいようが、もう関係ないわ。その前日でも前々日でも前々々日でも、犯行は可能だったはずだから。つまり小柳氏殺害の主犯は中里梨絵。そして彼女の共犯者が——そう、大園正志さん、あなただったのね！」つばめはズバリと目の前の男を指差していった。「あなたは中里梨絵のアリバイを捏造《ねつぞう》するため、小柳氏に成りすました。そうすることで彼の死亡日時を後ろにズラそうとしたんだわ」

するとは大園は、意外にも余裕のある笑みを浮かべながら、

「ふふん、馬鹿なことを。そんなに疑うのなら、僕とその女との関係を調べてみるがいい。共犯関係を結ぶほどの付き合いなんか、全然ないってことが判るはずだ」

「も、もちろん調べさせてもらいますとも」強がるように胸を張ったつばめは、やや不安になって傍らのカープ女子に耳打ちした。「——私、間違ってないわよね、トキ代さん？」

するとは意外なことに――「いいえ、残念ながら間違っていますわ！」

強い口調でトキ代は断言する。つばめは思わずキョトンとなった。

「え、間違ってるって、どういうこと？　大園は小柳氏に成りすました。そうすることで、小柳氏が十一月三日の昼までは確かに生きていた――そう思わせようとしたのよね？」

「ええ、それは確かにそのとおり。ですが」といってトキ代は続けた。「大園が身体を張ってまでアリバイを捏造しようとしたのは、中里梨絵のためではありませんわ。――おや、まだお判りになりませんの？」

赤い眼鏡のカープ女子は、刑事たちを挑発するように指を一本立てながら、

「明らかに嘘をついている人物が、お話の中にひとりいるではありませんか」

瞬間、大園の口から小さな呻き声が漏れる。トキ代の言葉は、確かに彼の痛いところを突いたらしい。つばめは勢い込んで尋ねた。「誰よ、嘘をついている人物って？」

「もちろん、鷹宮マミですわ」

トキ代の口から飛び出したのは、第一発見者となった女優の名前だ。たちまちフロアに深い沈黙が舞い降りる。やがて、つばめと勝男はトキ代に対していっせいに問い掛けた。

「鷹宮マミですって!?　彼女が犯人だというの!?」

「なぜ、そうなる!?　彼女がどんな嘘をついた!?」

「いまとなってはミエミエの嘘ですわ。大園正志は十一月の二日、三日と続けて小柳氏に成りすました。そのとき本物の小柳氏は、すでに殺害されていたはず。ならば、宮崎に帰省中の鷹宮マ

ミが十一月三日の午前にリモートで会話した相手は、いったい誰でしたの？」

つばめと勝男は揃って黙り込む。そのとき、堪えきれない様子で大園が叫んだ。

「ち、違う！　彼女は関係ない。――よし、判った。認めよう。彼女が会話した相手は、この僕だ。僕が小柳博人に成りすまして、何も知らない彼女と会話したんだ。リモートの音声なら、普段と少しぐらい声が違っていても不審に思われないからな。それに短い会話だったから、僕でもボロを出さずに、なんとか誤魔化しきれたんだ」

「おや、あなた鷹宮マミを庇うおつもりですの？　立派な騎士道精神ですこと」

「庇ってるんじゃない。これが事実なんだ。確かに僕は小柳博人に成りすました。そして『昇龍軒』の主人を騙した。そして鷹宮マミのことも同じように騙したんだ」

「同じように騙した!?　そんなの無理ですわ」

「無理じゃないさ！」

「では、あなた――」そういってトキ代は赤い眼鏡を指先で押し上げる。そして眼光鋭く彼を見据えていった。「鷹宮マミと会話する際も、あなたはマスクを装着していたというのですか。リモートなのに？　ふん、あり得ませんわ」

瞬間、大園正志はハッとした表情。慌てて自分の口許を両手で塞ぐが、もう遅い。

「確かに、そうだな」勝男が納得した様子で頷いた。「リモートの画面越しなら、大園はマスクを外して喋っているはず。だがマスクを外してしまえば、大園はもう小柳氏に成りすますことはできない……」

「当然そうなるわよね」つばめも深々と頷いた。「にもかかわらず、鷹宮マミは十一月三日の午前に小柳氏とリモートで会話したと、ハッキリそう語っている。しかも画面越しに見る小柳氏の姿は、『普段と何も変わりなかった』とも。これって矛盾よね」

「ええ、矛盾というより、あからさまな嘘ですわ。小柳氏が生きていたことを強調したいがために、鷹宮マミはそのような嘘を付け加えたのでしょう。これでお判りですわね、刑事さん。すなわち、鷹宮マミこそが小柳氏を殺害した真犯人。そんな彼女を庇うために、彼――大園正志が小柳氏の身代わりを演じた。お陰で彼女にはアリバイが成立したのですわ。事件が起こったと思われるころ、遠く離れた宮崎にいたという完璧なアリバイが」

トキ代の言葉が終わると同時に、張り詰めていた緊張の糸が切れたのだろう。とうとう大園正志はフロアの床にガクリと膝を屈したのだった。

8

こうして赤い眼鏡のカープ女子、暗黒トキ代（ただし姉のほう）の語った推理は、あれよあれよという間に意外な真犯人へとたどり着いた。だが、これで事件のすべてが明らかになったわけではない。残る疑問点について質問の口火を切ったのは勝男だった。

「鷹宮マミが小柳氏を殺害した。それは判ったが、結局のところ、それは何月何日のことだったんだ？　十一月三日ではなかったんだよな？」

「ああ、違う……あれは十月三十一日のことだ……」

そう答えたのは、すでに戦意を喪失した大園正志だ。彼はカウンター席に座らされている。彼の両隣を刑事たちが固め、そのまた隣ではトキ代が『レッド・アイ』を傾けていた。

大園は鷹宮マミから聞いた話と自らの体験をもとにして、事件当時の状況を語った。

事件が起きたのは、十月三十一日の午後。秋の太陽が傾き、強い西日が小柳邸のリビングを照らすころだ。唐突に小柳は鷹宮マミに対して別れ話を切り出してきた。きっかけは週刊誌に載った二人のデート写真。それを見て、小柳は急に臆病風に吹かれたのだ。二人は激しい口論となり、鷹宮マミは彼から乱暴に扱われ、そして頭に血が昇ってしまったらしい。彼女は偶然そこにあったバットでもって小柳を殴り殺してしまったのだ。

「マミの話によると、そのときテレビでは千葉マリンスタジアムのロッテ戦が生中継されていたらしい。画面の中では、あまりに強い西日のせいで試合が一時中断するという珍しい事件が起こっていたそうだ……」

「ほう、《西日事件》の一回目だな。それは殺人事件と関係あるのか？」

「あの《西日事件》が？　いいや、もちろんそれはこちらの事件とはいっさいまったく全然、何の関係もない。そう、単なる偶然の悪戯だ。マミは虚ろな気分で、その画面を眺めていたらしい。すると、そこに何者かの足音が聞こえてきたんだな……」

足音は一歩また一歩とリビングへと近づいてくる。鷹宮マミはバットを持ったまま、入口の扉の横に身を潜めた。緊張状態にあった彼女は、当然その人物が誰であろうと殴りつける考えだったそうだ。彼女はバットを頭上に構えて、その人物を待ち構えた。すると次の瞬間、リビングに現れたのはグレーのセーターを着た男――

「そう、この僕だ。いとこの家を訪れた僕は、呼び鈴を鳴らしても返事がないことに不審を抱いて、勝手に部屋に上がり込んだんだ。犯行直後の混乱のせいか、呼び鈴の音がマミには聞こえなかったらしい。マミは僕の頭上を目掛けてバットを振り下ろした……」

だが大園は気配を感じて巧みにそれをかわしたそうだ。バットはあえなく空を切った。そして二人はようやくお互いを認識した。小柳と交際中だった鷹宮マミと、小柳の創作の協力者である大園は、すでに面識があった。大園は彼女の姿を見て一瞬キョトン。だが、直後にはリビングに転がる死体と泣き崩れる彼女の姿を見て、たちまち状況を理解した。そして大園は彼女の肩に手を置くと、自分でも驚くような言葉を口にしたのだ。

「『大丈夫、僕がなんとかするから』――って、泣きじゃくる彼女に僕のほうから、そういったんだ……」

「なるほど。それで急遽《きゅうきょ》、二人の間に共犯関係が生まれたわけだな」

そして、この窮状を脱するために、大園が懸命に捻り出したアイデア。それが彼自身による成りすましトリックだった。

鷹宮マミは十一月二日まで仕事があり、その後、長期休暇に入る。そこで二日の仕事を終えた直後に、彼女は宮崎の実家に帰省。彼女がいなくなった東京で、大園が死んだ小柳の役を数日演じるのだ。そうすることで鷹宮マミに完璧なアリバイができる。そういう単純な筋書きだった。

「計画は上手くいった……小柳邸にコソ泥が侵入するまではな……」

「そうそう、そうだった」と勝男が思い出したように手を叩いた。「あの哀れなコソ泥、島谷則夫が頭を殴られて気絶した件。あっちのほうは十一月三日の出来事ということで間違いないんだよな？　つまり千葉マリンで二度目の《西日事件》が起こった日だ」

「そうよね。『昇龍軒』の主人の証言があるから、それは間違いないはずだわ」

といって、つばめは続けた。「島谷を殴打した犯人は、少なくとも鷹宮マミではないわよね。その日、彼女が宮崎の実家にいたという話は、さすがに嘘ではないはずだから」

「そうだ。あれはマミではない」

大園はコソ泥殴打事件の真相を打ち明けた。「島谷という男を殴って気絶させたのは、それこそ僕が単独でやったことだ。小柳博人に《成りすまし中》だった僕は、三日の午後にも小柳邸にいた。そこに何も知らないコソ泥が勝手に窓から侵入してきたんだ。そしてリビングの死体を目撃してしまった。慌てた僕は背後から歩み寄り、手にした花瓶で――そう花瓶だ。バットじゃない――それでもって、その男の頭を殴りつけたんだ」

「じゃあ花瓶で殴って気絶した島谷に、凶器のバットを握らせたのね。グリップに彼の指紋を付けるために。――それから、あなたはどうしたの？」

「成りすましは、もう終了だ。後はもう運を天に任せて、僕は小柳邸を立ち去った。それだけだ。その後、あのコソ泥が何をどうしたのか、僕自身もよく知らない。なんとなく、こっちに都合がいいように事は進んだようだったが……」

「ええ、そのようですわね」とトキ代が口を開いた。「しばらくして島谷則夫は目を覚ました。このとき彼が目の前の遺体をよく観察していれば、それが死後何日か経過した遺体であると、素人目にも判ったはず。ですが迂闊な島谷は、じっくり遺体を見ることなく、大慌てでリビングから逃走してしまった。当然、警察にも通報しない。結果、このご時世ということもあって、小柳氏の遺体はなかなか発見されなかったのですわ」

「なるほどね」と頷いたつばめは、再び大園に向きなおって尋ねた。「宮崎から戻った鷹宮マミが、敢えて第一発見者の役を演じたのは、なぜだったの？」

「ああ、あれか。あまりに遺体発見が遅れると、成りすましのアリバイ工作が無駄になる危険があるだろ。だからマミは刑事さんたちの前で自らひと芝居打ったんだ」

大園の説明に、つばめは深く頷いた。

「そうして私たちの前に現れた鷹宮マミは、もっともらしい嘘の供述を――」

「だが結果的に、彼女は自ら墓穴を掘ってしまったわけだな――」

神宮寺親娘の言葉を聞きながら、暗黒トキ代は「そのとおりですわね」と頷く。

すっかり罪を認めた大園正志は、うなだれたまま言葉も出ない様子だった。

やがて、つばめと勝男は大園を引き連れて席を立った。これから刑事たちは警視庁の取調室に場所を移して、本格的な事情聴取をおこなうのだ。やがて、それは鷹宮マミの逮捕へと至るに違いない。どうやら今回の事件も、赤い眼鏡のカープ女子の推理によって無事に解決へとたどり着けそうである。

その去り際、勝男は背広の上に着ていたスワローズのユニフォーム（彼はずーっとその恰好のまま、真剣な表情で事件の話をしていたのだ）、それを脱いで丁寧に鞄へと仕舞う。それから、あらためて『ホームラン・バー』のガランとしたフロアを見渡した。

「にしても、やっぱり客の入りが川崎球場だなー」

ロッテの話題が多かったせいか、どうしてもそういう感想になるらしい。つばめは不安な視線をマスターへと向けながら、「でもホントに大丈夫なんですか、この店？」

「ええ、まだ今年のプロ野球は終わっていませんからね。とりあえずいまは、これからおこなわれる日本シリーズが第七戦までもつれ込む大熱戦になることを祈るばかりです」

だが、そんなマスターの祈りも虚しく、二〇二〇年の日本シリーズは史上稀に見るワンサイドゲームの連続。《ひょっとして世界最強》のソフトバンクホークスが《セ・リーグでは最強》の読売ジャイアンツを、たった四戦で木っ端微塵に粉砕するという、まさに《西日事件》どころじゃない大事件もしくは事故のようなシリーズと化すのだが、もちろんこの時点の彼らは、そのような結末など知るよしもない。

神宮寺親娘はマスターと、そしてカウンター席に座る赤い眼鏡のカープ女子、二人に向かって片手を挙げる。そして、しばしの別れを告げた。

「来年は、この店にも歓声が戻るといいな」

「本当にそうね」つばめは心からそう願う。

マスターは手を振りながら、「そのときは、またいらっしゃってくださいね」

そして背番号『！』のカープ女子は、赤いグラスを掲げていった。

「また来年も、こられーよ。待っちょるけぇーね！」

あとがき

私は『あとがき』を書いたことがありません。間もなく二十年にも及ぼうかという作家生活の中で、これだけは本当に未経験。いったいなぜ、そうなったのか？「べつに書くよう求められなかったから」「何を書けばいいのか判《わか》らないから」「所詮、何を書いても蛇足だから」などと、様々に理由を挙げることは可能ですが、結局いちばんの理由はコレ――「面倒くさいから！」

そりゃそうでしょう。本編を書き終えた後でさらに違う何かを書き残すなんて、見事リーグ優勝を果たした後でさらに二位や三位のチームと戦えっていわれるようなものですもんね。やってられませんよね（ちょっと違いますか？）。

とはいえ、べつに私は『あとがき』が嫌いなわけではありません。他の作家が書く『あとがき』は、むしろ大好物。大抵は本編よりも先に読むタイプです。あるいは書店での立ち読み段階で『あとがき』だけ読むことも、しばしば（――あッ、いいんですよ、お客さん！　あなたを皮肉っているわけでは全然ありませんから！）。

そんな私ですが、今回は『あとがき』を書きます。面倒を承知で敢《あ》えてそれを書く理由は、なかなか説明しづらいのですが、エモやん風にいうなら、それこそがこのミステリを十倍楽しく読む方法、いや、読んでもらう方法だからでしょうか。

――エモやんって、判りますよね？

ではまず、このちょっと特殊な連作短編集のちょっと奇妙な成立過程の話から。

そもそも事の始まりは二〇一六年、実業之日本社の編集部が立案した野球小説企画でした。それは複数の作家に「高校野球」をテーマに短編を書いてもらい、文庫アンソロジーとして刊行するというもの（二〇一七年『マウンドの神様』として刊行済み）。それで野球好きの私のところにも執筆依頼が舞い込みまして、こちらはもちろん即ＯＫ。カープファンの名に懸けて渾身《こんしん》の全力投球で書き上げた短編が、『カープレッドよりも真っ赤な嘘』というわけです。――と、このように書くと、読者の中には首を傾《かし》げる向きもあることでしょう。

「おいおい、テーマは『高校野球』なんだろ？　この作品の、いったいどこが高校野球小説なんだよ。どう考えたってプロ野球小説じゃないか。こんなのルール違反だ、ルール違反！」

――はぁ、ルール違反!?　立ち読みしているあなたに、いわれたくないですね！

いや、べつにいいです。疑問を感じるのも無理ないですしね。だけどホラ、この作品、よーく読んでみてくださいよ。ちゃんと書いてあるでしょ、ほんの数行ですけど『智辯学園《ちべん》』に纏《まつ》わる蘊蓄《うんちく》が。もちろん『智辯学園』といえば、野球好きなら誰もが知る甲子園の常連校。てことは、これはもう立派な高校野球小説ってわけです。——私はそう思いますよ！

それに裏話を披露しますと、そもそも執筆依頼があった時点で、当時の担当編集者I氏から「東川さんはカープファンだからプロ野球の話でも構いませんよ」と、しっかりそそのかされて、いや、しっかり了解を得ていたのです。だから問題はありません、たぶん。

とにもかくにも、そんな事情で生まれた『カープレッドよりも真っ赤な嘘』ですが、いざ世に出してみると、意外なほど反響がありました。まずは本格ミステリ作家クラブが編纂《へんさん》するアンソロジー『ベスト本格ミステリ２０１８』の一編として選出されたことが、ひとつ。もうひとつは、とある有名ミステリ作家に褒められたことなのですが……いや、その話をする前に！


【ここから私が『はい、ネタバレ終了！』と合図するまでは、相当な量のネタバレを含みます。まずは本編を先にお読みください。立ち読みの人は、そろそろご購入を！】


よろしいですか？　では続けます。その作家はとあるイベントの空き時間に、私のところにやってこられて、いきなりこのようにおっしゃったのです。

「東川さん、この前、書かれていたアレ、面白かったねえ。——ほら、あの、シカゴ・カブスのやつ！」

「………」当然、私はキョトンです。おそらく私は褒められている。どうやら私の作品は、この偉大な先輩作家を感嘆せしめたらしい。それは大変に嬉《うれ》しいのだけれど――『シカゴ・カブスのやつ』って何⁉　そんな作品を書いた覚え、全然ないんだけど⁉

　すると黙り込む私の前で、その先輩作家は何かを頭に被《かぶ》るアクションをしながら、

「ほらほら、アレですよ、アレ――あの帽子の話！」

　その瞬間、ようやく謎が解けました。――それ、シカゴ・カブスじゃなくてシンシナティ・レッズですから！　確かに帽子のマーク、どっちも『C』ですけどね！

　思わずツッコミを入れる私でしたが、いずれにせよ作品が好評だったことは事実。そこで私としては極めて珍しいことなのですが、編集者I氏に対して「これの続きを書かせてください。一年で一作ずつプロ野球ミステリを書けば、いつか一冊の本になりますよね」と自分から提案したという次第。かくして高校野球アンソロジーの一編に過ぎなかった作品は、連作プロ野球ミステリの第一話となり、その後さらに四年間、私はその年その年のプロ野球から題材を得た短編ミステリを地道に書き続けることとなったのでした。

　というわけで二話目以降の作品についても、ネタバレ込みの雑感を述べます。

『2000本安打のアリバイ』

二〇一七年は2000本安打の話題が盛り上がって、それに纏わる記事や報道に接する機会が多かったのですが、そんな中で偶然見かけたコラムによって、私自身も初めて知りました。『2000本安打』という表記が、実は誤りであるという意外な話を。その瞬間、「これはプロ野球ミステリのネタになる!」と思ったか否か、その記憶は定かではありませんが、現にこうして作品になっているのですから、何かしら閃《ひらめ》くものがあったのでしょうね。

ちなみにカープファンとしては、「2000本安打といえば高橋慶彦《たかはしよしひこ》!」というわけで、かなり強引にその話題が語られています。若い読者にとっては、「何のことやら……?」でしょうけどね。

ところで本作を読んだ誰もが、きっと心配されたことでしょう。そう、千葉ロッテ福浦《ふくうら》の件です。この場を借りて補足しますと、出場機会激減で2000本到達が危ぶまれた福浦ですが、翌二〇一八年には見事2000本安打を達成しております。良かったですね。

『タイガースが好きすぎて』

聞くところによると、とある虎党の作家は阪神戦の野球中継を録画して観ているのだとか。その話を耳にした瞬間、私は作中のつばめ刑事同様、「それって、楽しいの……?」と大いに首を傾げたのですが、結果的にそれがこのような形で作品となりました。ちなみに本作の肝というべきマツダスタジアムでの歴史的一戦ですが、当時、私もそれをテレビで観た記憶があります。確か、午後九時ごろにテレビを点《つ》けた瞬間、「え、まだ三回って……!?」と思わず画面を二度見したはず。それこそ試合終了後のVTR映像かと目を疑ったものです。

ところで作中にてマスターが口にする「あまりにタイガースが好きすぎて……」という台詞《せりふ》は、何の気なしに書いたものだと思いますが、結局それがこの短編のタイトルとなり、そして連作集のタイトル『野球が好きすぎて』へと繋《つな》がりました。毎回、本のタイトルには大いに頭を悩ませるのですが、今回はこれ一択でしたね。我ながら気にいっています。

『パットン見立て殺人』

この連作を始めて以降、「何かミステリのネタになる試合はないか……?」という視点でプロ野球を観るようになった気がします。もちろん、そんな試合は滅多にないのですが、二〇一九年はコレでしょう。コレしかありません!

あの衝撃の『冷蔵庫殴打事件』で何か書けないか。そこから想像を広げた結果、奇妙な見立て殺人ストーリーが出来上がりました。実は作中に出てくる特殊な冷蔵庫を私自身も愛用しておりまして、だからこそ思いついたトリックですね。

ちなみに作中ではパットンが冷蔵庫をフルボッコしたことになっていますが、これは少々話を盛ってあります。実際に映像を見れば判りますが、彼はせいぜい三発ほどぶん殴っただけ。冷蔵庫だって、そこまでボコボコにされたわけではありません。私の記憶の中では五、六発はお見舞いした印象だったのですがね。——まあ、それでも冷蔵庫が可哀想《かわいそう》というのは、アリモト氏のいうとおりだと思いますよ。

『千葉マリンは燃えているか』

今回の連作をやっていなければ、私はけっしてコロナ禍を舞台にミステリを書かなかったはず。登場人物が全員マスク姿のユーモア・ミステリなんて楽しくありませんからね。その意味では今回、図らずも二〇二〇年の話を書くことになった（書かざるを得なくなった）というのは、貴重な創作体験でした。この年ならではのトピックスとして千葉マリンで起きた『西日事件』を題材にしていますが、やはり全体の印象として、この作品だけはプロ野球ミステリではなくてコロナ禍ミステリですね。私もそのつもりで書きました。

ちなみにこの年のカープは確かに弱かったのですが、それにしても『暗黒時代』は言い過ぎでしょう。実はカープ女子の名前について、『中継燃子』と書いて『中《なか》継《つぎ》モエ子《こ》』という案も頭にありました。この年はカープ中継ぎ陣の炎上が相次ぎましたから、ピッタリなネーミングだと思ったわけですが、結局インパクトのある方を採用するに至りました。いずれにせよ、探偵役の名前がチーム状況によって変わるというお約束は、年を経るごとに苦しくなるのでやめておくべきでした。やっぱり名前がコロコロ変わるのは良くないです。『ＱＶＣマリンフィールド』なんて名前、私もすっかり忘れていましたもん！

【はい、ネタバレ終了！】

あらためて読み返すと、当時だから書けた出来事、当時だから出てくる選手名などもあって、なかなか感慨深いものがあります。連作を開始した当時だと、原辰徳《はらたつのり》はジャイアンツの『元監督』だったんですね。それと一時期まで『新井《あらい》さん』の登場頻度がやけに高かったことなど、いまさらながら思い出しました。もはや懐かしさすら覚えるほどです。

では最後になりましたが謝辞を。ちなみに私が『あとがき』を書いてこなかった理由として、『謝辞』が苦手ということも、ひとつあったのですが、そうもいってられませんからね。

まずは先述した高校野球アンソロジー当時の担当編集者Ｉ氏。その後、年イチの雑誌掲載から単行本の刊行まで何かとお世話になった現在の担当編集者Ｆ氏。両氏に感謝を捧げたいと思います。ありがとうございました。それからポップな表紙を描いてくださいました、あまえび氏にも感謝を。私が想定したよりも数倍可愛《かわい》らしい両ヒロインの姿には感激です。ありがとうございました。そしてスペンサー・パットン氏にも感謝を。あなたが冷蔵庫と利き腕を大事にしていたなら、この連作集は違った形になっていたはず。――サンキュー、ミスター・パットン！

パットン氏に限らず、作中では多くの現役プロ野球選手、球団、監督、OB、解説者、果ては高校野球の指導者に至るまで、様々な形で取り上げさせていただきました。すべての皆様に感謝いたします。なお、作中には作者独自の視点による偏った記述、作中人物による極端な見解なども多々ありますが、どうか鯉《こい》党目線の戯言《ざれごと》と、ご容赦いただければ幸いです。

そしてもちろん、この本を手に取ってくれた読者の皆様に対しては、最大級の感謝を捧げなくてはなりません。書店に並ぶ膨大な書籍の山の中から、敢えてこの一冊を選んでいただけるなんて素晴らしすぎます。この作品がそんな皆様のご期待に応えられたとするなら、作者としてこれに勝る喜びは――カープ悲願の日本一くらいでしょうかね。本当にありがとうございました。

それではまた別の作品でお目に掛かれることを、心より期待しております。

二〇二一年四月　貧打に喘《あえ》ぐカープが四位転落の日に

東川篤哉

〈初出〉

第1話　2016年　カープレッドよりも真っ赤な嘘　『マウンドの神様』（実業之日本社文庫）2017年6月刊行

第2話　2017年　2000本安打のアリバイ　webジェイ・ノベル　2018年2月27日配信

第3話　2018年　タイガースが好きすぎて　webジェイ・ノベル　2019年3月26日配信

第4話　2019年　パットン見立て殺人　webジェイ・ノベル　2021年2月2日配信

第5話　2020年　千葉マリンは燃えているか　書き下ろし

この作品はフィクションです。実在する個人や組織とは一切関係がありません。

［著者略歴］
東川篤哉（ひがしがわ・とくや）
1968年広島県生まれ。岡山大学法学部卒。広島カープが初めてリーグ優勝をした1975年にカープファンとなる（当時7歳）。2002年、カッパ・ノベルス新人発掘プロジェクトにて『密室の鍵貸します』でデビュー。11年、『謎解きはディナーのあとで』で本屋大賞受賞。ユーモア本格ミステリ屈指の書き手として幅広い世代から愛されている。著書に、鯉ケ窪学園が舞台の『放課後はミステリーとともに』『探偵部への挑戦状 放課後はミステリーとともに２』『君に読ませたいミステリがあるんだ』のほか、『館島』『交換殺人には向かない夜』『谷根千ミステリ散歩―中途半端な逆さま問題』『新謎解きはディナーのあとで』など多数。

野球《やきゅう》が好《す》きすぎて

2021年6月10日　初版第1刷発行

著　者／東川篤哉
発行者／岩野裕一
発行所／株式会社実業之日本社
〒107-0062
東京都港区南青山5-4-30　CoSTUME NATIONAL Aoyama Complex 2F
電話（編集）03-6809-0473　（販売）03-6809-0495
https://www.j-n.co.jp/
小社のプライバシー・ポリシーは上記ホームページをご覧ください。

ＤＴＰ／ラッシュ
印刷所／大日本印刷株式会社
製本所／大日本印刷株式会社

ISBN978-4-408-53781-8（第二文芸）